花怪壇《はなかいだん》

最東対地
Saito Taichi

光文社

花怪壇

目次

花怪壇

二部

【装　幀】
泉沢光雄

【カバー写真】
Nothing1223/stock.adobe.com
riico/stock.adobe.com
yimneften/stock.adobe.com
siro46/stock.adobe.com
adhisastra/stock.adobe.com
Adobe Stock

【夜《や》凪《なぎ》】

関西四府県に八つ存在する歓楽街（本書では遊里《ゆうり》で統一する）。公娼街《こうしょうがい》、私娼窟《ししょうくつ》から特殊飲食店街（赤線《あかせん》地帯）となり現在に至る——という場合が多いが、八つすべての成り立ちがそうだというわけではない。名目上は『料亭』（一部『旅館』）だが、実際のところは遊廓《ゆうかく》の流れを汲《く》むちょんの間《ま》である。置屋《おきや》から派遣されてやってくる形式とホステスが顔見世をする張店《はりみせ》の形式があり、夜凪によって趣が異なる。あくまで自由恋愛であり売春ではない、という暗黙の了解で成り立っている。遣《や》り手婆《ばば》（客引きの女性従業員）が店先に常駐し、道行く客を呼び込む。ほとんどの場合、遣り手婆は夜凪の元ホステス（女給・仲居）である。特に大阪には特殊浴場（ソープランド）がないため、最後まで遊べるのは夜凪のみ。

【夜凪】の名については諸説あるが、かつてどこの遊廓の入口にもあった柳の木を『見返り柳』と呼んだことが由来。遊んだ男が帰り道で名残を惜しんで何度も振り返るがそこには遊女《ゆうじょ》の姿はなく、入口の前で柳だけが寂しく佇《たたず》んでいる様を指してそう呼んだ。昭和三十二年四月一日、売春防止法（以後『売防法』）が一部施行され、特殊飲食店街が転業を迫られたあともどういうわけかちょんの間として残った。今は裏風俗という呼び方もある。

『旦那いなけりゃ夜が凪《な》ぐ』……つまり、〝家に夫がいると夫婦げんかが絶えないので外で妻以外と遊ぶ場所〟という皮肉とも暗喩ともとれる意味を込めて【夜凪】と誰かが呼び、その名が定着しているともいわれている。

また夜凪はかつて栄華を極めた花街《はなまち》から〝花〟を頂戴し、それぞれ花の名を冠しているのが特徴だ。

夜凪は最後の色街《いろまち》と呼ばれている。

身ノ上話・原文

まあ時節柄、いろいろと事情がございましてね、刑事さんもおわかりでしょう？　家族の中で私だけ、血縁がありませんの。物心つく前にもらわれてきたのですのよ。それが尾を引いて、今に至っているのだとしたら、安い三文小説のようで笑ってしまいます。

私、東京といっても下町育ちで、今と比べれば芋ったいったらありゃしませんことで。畳屋の娘でしてね、子供の多い家庭の下から二番目。可愛《かわい》がられたというより放っておかれたという感じなんです。兄妹の中で自分だけ血がつながっていないとわかっておりましたので、幼い時分から諦めはついておりました。

末弟がいまして、さほど年は離れていないのですけれど、この子のお守りは私の役割でした。長兄は十五も年上で物心ついた頃には家にはいませんでした。頭が固く融通が利かない性格が災いして、長男だというのに家督を継がず警官になってしまいましたのよ。災い、というのは両親にとっての話ですわ。あの頃の暮らしは退屈で、毎日毎日ここから抜けだしたいと思っていました。その反動と申しましょうか、こう見えて私けっこう悪さをした口ですの。なんにでもきっかけというものがございまして、私がこのような不良に育ったのは末弟のことがあってからなのです。末弟は体が弱く、上の兄たちに比べて放任されていたからか、ずいぶんとわがままな乱暴者に育ってしまいました。ある時、日頃の粗暴が祟《たた》りまして、やくざ者にこっぴどくやられて帰ってきたんです。鼻はぺしゃんこ、目の上には甘夏のようにごつごつとした大きなコブができていました。特にひどかったのが、腿の傷です。転んだ拍子に農具の先っぽにひっかけたらしく、お股に向けて斜めに抉《えぐ》れていました。脂汗をびっしょり掻《か》いて苦悶《くもん》に歪《ゆが》んだ顔は末弟のはじめて見せる表情でした。私は傷の手当を申しでまして、腿の傷に赤々と焼けた火箸を押し付けてやりました。末弟は白目を剝《む》いて失神しかけていましたが、それじゃあつまらないと顔に水をぶっかけて気を起こしました。叫ばないよう末弟の口には手ぬぐいを詰めておりましたので、それほどの苦しみでも悲鳴が外に漏れることはありません。私はいよいよ楽しくなってしまい、どの責めがもっとも苦しむかいろいろな手段を試してみました。なにが一番、苦しんだかというと……それは言えません。言ってしまうと、あの時の悦《よろこ》びが味気なくなってしまう気がして。想像してみてください。考えうるどんなお仕置きをもってしてもあれ以上の苦しみを与えることはできなかったでしょう。あなたにもあの時の末弟との秘め事を味わっていただきたいところですが、こんな状況では叶《かな》いそうにありませんわ。とても残念です。

　末弟はその後、亡くなりました。あの子の粗暴ぶりは町中が知るところでしたので、やくざ者にいたぶられて死んだのだと誰もが疑いませんでした。それにしてもむごいことをするもんだ。いくらやくざ者とはいえ、ここまでする必要があったのか。任侠《にんきょう》などどこ吹く風。あちこちで末弟の死が肴《さかな》になりましたわ。誰も、まさか私が弟に責め苦を科したとは知らず、むしろみじめな死に方をした弟を持つ姉として、みなさんとてもよくしてくださいました。私にはそれがうれしくて楽しくて。末弟もきっと喜んだことでしょう。

　家族はというと、それはもう悲しみました。母などはそれ以来、眩暈《めまい》持ちになりまして、晴れた日に外に出るだけで貧血を起こすようになりました。いつも暗い部屋に閉じこもり、暗くなると夜な夜な動きだしては仏間で拝む日々。父は最初こそきびしい言葉で母を叱りましたが、ご近所に母のそんな具合を知られてはまずいと思ったようで、いつしか進んで母を奥の部屋に押し込むようになりました。兄たちは父より早々に見切りをつけ、血のつながりなどなかったかのように母に対し無関心になりました。私だけが母を見捨てませんでした。ちょっとずつ、暗闇の母に末弟がどのように苦しみ、どのような責め苦を受けたかを伝えてあげたのです。そうして母は緩やかに、でも取り返しのつかないほどに、狂っていきました。私はその姿が愛《いと》おしくて、涙が出ました。母は末弟の死から二年も生きませんでした。それは本当に残念なことです。もっと永く、苦しんでほしかったのに。

その後、父も早逝して次兄に家督が移ってからは余計に居づらくなって、学校を卒業してすぐに家を飛び出しました。家族は私を捜しませんでした。もらわれてきてからずっと私は厄介ものだったということなのでしょう。怖がられていたのかもしれません。それからしばらく吉原《よしわら》にいたのですが、この時はまだ家族が血眼《ちまなこ》になって私を捜していると思い込んでいました。ですから、家からさほど遠いというわけではない吉原で働いていることが、気が気ではありませんでした。とにかく手持ちのお金が必要だったので、それだけ稼いで東京を出たんです。そうやって西へ西へとやってきたんです。導かれるようにして夜凪にたどり着きました。ある時お客さんでお寿司屋さんを営んでいる若大将がうちに来いとおっしゃるの。もちろん躊躇《ためら》いましたけれど、とてもよくしてくれるし、なにせその若さんが独身だというから、これはと思ってご厚意に甘えました。ですがそれも長く続きませんで……。恥ずかしながら、あの時の悦びが想起されたのです。居ても立っても居られないとはこのことでしょう、お花が咲いた時の若さんのあのお顔……、生涯忘れないと誓いました。あんな、愛しいお顔をするだなんて、思ってもみませんでしたわ。そうして逃げるようにして、いえ、またこの稼業に舞い戻ってきた次第です。夜凪には、素性を明かせない私のような娼妓《しょうぎ》がたくさんいますもの。

私のような愚妹を持って、長兄はさぞ気に病んでいることと思います。いえ、長兄は私が今どこでなにをしているか知るはずもありません。当たり前でございますが、私がなにをしたのかも。ですが時折、長兄にすべてを打ち明けたいという猛烈な衝動に襲われることがあります。すべてを犠牲にしてでも長兄、それに次兄の絶望したお顔を見たい……。だめだめ。そんなことをしてはこの先、殿方たちにお花をお供えすることができません。それだけはだめなのです。

それにしても西はようございますね。華やかで賑《にぎ》やかな夜凪がいくつもあるのですもの。私のような醜女《しこめ》にはぴったりですわ。花の命は短いと申しますが、なんのまだまだこれからですわ。これからもいくつもの花を咲かせてみせます。高嶺《たかね》の花はさぞ綺麗《きれい》でしょうが、雑草に交じって健気《けなげ》に咲く花もたまにはいいものですよ。私の生まれはどこか？　うふふ、どこでしょう。覚えておりませんわ。

私、喉が渇きました。お水を一杯、いただけますかしら。

注：本書はすべてフィクションである

一部

大阪五大夜凪

どこに迷い込んでしまったのだろう。

車の窓から外を見ると、まばゆい光の中から天使のような美女と目が合った。見たこともないような艶っぽい笑顔で、私と目が合うことがわかっていたかのように、手を振った。ゆらりとした手首の動きに見蕩《みと》れているのに車は容赦なく進み、天使がたちまち見切れていく。かと思えばすぐに次の美女が現れ、天使の笑みをこちらに向けた。目が合うと甘く芳《こう》ばしい香りが鼻先をくすぐり、なんとも言えない気持ちになった。

「どの子行くねん、はよ決めろよ」

その声で突然現実に引き戻された。

まばゆくも暖かい光に触れ、女たちの愛嬌《あいきょう》に見蕩れていたはずなのに我に返るとタバコの臭いがこびりついた狭く暗いクラウンの車内だった。

クラウンは徐行しながら狭い道を進む。通行人がぶつかるすれすれで車を避《よ》け、あちこちから「揚がっていって」「この子にしとき」と嬌声《きょうせい》が聞こえる。

「もう一周するんか」

呆《ほう》けていると運転席から苛立《いらだ》った声が飛んできた。後部座席から見ると隣に座っている先輩も、助手席の先輩も窓の外の景色に釘付《くぎづ》けになっていた。

「え、ええと、はい……」

ちっ、と舌打ちのあと、「しゃあないな」と返ってきた。声音《こわね》は苛立っているが、本当は面白がっているはずだ。この人はそういう人だ。

四人を乗せたクラウンが角を曲がり、隣の筋《すじ》へと入った。後ろからフロントガラス越しに見える光景は現実感がなかった。宙に浮く提灯《ちょうちん》、赤白黄色のまばゆい光、ごった返す人はみんな男で、軒先からゆらりと手が伸びたかと思うと次々と男が立ち止まる。

光の中にはたいてい女がふたりいて、ひとりは初老でパイプ椅子に座るか、立っていた。道行く男を手招きしてはよっていけと誘っている。やや乱暴な勧誘で、上座で愛嬌を振りまくもう一人の美女を売り込み、もたもたしていると先に取られるぞと囃《はや》し立てていた。

一軒だけでなく、これがすべての店の軒先で繰り広げられていた。すべての店とは、目の前の道を挟んだ両側にずらりと並ぶ長屋。その全部だ。

とにかく街全体がまばゆかった。光、光、光。光の中で美しい女が微笑《ほほえ》みかけている。ここはなんなんだ?! 問いかけてもわからない。なにせついさっき、この場所の存在を知ったところなのだ。

夜凪――。

それがこの街の名だった。『女を買えるところがある』と聞かされたのはほんの二時間前。その場所が花街と呼ばれたかつての遊廓だと教えてもらい、現代でもそんなところがあるのかと驚いたが、自分には無関係だと思っていた。

「どや? どの子もかわいいやろ」

「はい……めっちゃ美人です」

「そらそうや、ここはメイン通りやからな」

得意になって運転席の男が下品に笑った。タバコとコーヒーが混じった口臭に息を止めた。

男が得意になるだけあってどの店の女も息を呑《の》むほど美しい。もちろん、それぞれタイプは違うが若く、白く、艶《なま》めかしかった。

つまり、彼女らはみんな遊女だ。十五分一万円とちょっとで春を売っている娼婦。

その事実がまだ十八の幼い自分には信じられなかった。

この世ではない景色の中に溶け込んでいるようでふわふわしていた。

夜凪にやってきた経緯は今考えれば笑い話だ。

当時アルバイトをしていた小さな町の寿司屋で店じまいをしていると、なんとなく女の話になり、その流れから夜凪が話題に上《のぼ》った。

その時のバイト先の先輩ふたりと、社長と呼ばれていた寿司屋のオーナーのにんまりといやらしく歪んだ顔を今でもはっきりと覚えている。『童貞卒業をプロデュースしてやろう』という悪趣味な遊びのいけにえに私が選ばれたのだ。

「終わったら晩飯行こうや」

社長のその誘いはよくあることだった。羽振りがよかった当時、社長のおごりでよくバイト終わりに食事に行った。今夜もそんなつもりで車に乗り込んだのだが、運の尽きだった。

「対地《たいち》、どの女や。どれでも選んでええど」

社長が駆るクラウンで煌《きら》びやかな夜凪に到着し、なにがなんだかわからない私がきょとんとしていると車内にどっと笑いが起こった。先ほどの夜凪の話を思い出し、そこでようやく意味がわかった。自分以外の三人の顔が妖怪のそれに見えて、顔が青ざめた。

「冗談ですよね？　俺、そんなん頼んでないんですけど」

「お前、十八にもなって童貞はあかんぞ。金は出したるから心配すんな」

「後輩想いの先輩持って幸せやなぁ」

「肚決めろや」

「絶対に厭です！」

それでも抵抗はしてみせた。〝筆おろしは好きな人と〟という青臭い希望を抱《いだ》いていた。あまりにも厭がれば興ざめして諦めるかもと思った。

「往生しろや！」

「諦めが肝心やぞー」

字面《じづら》だけ見ればまるで任侠映画のワンシーンだ。だが声音は笑いを含んでいる。完全におもちゃにされていた。まるで見世物小屋の猿だ。顔見世の通りで見世物にされてしまっては世話がない。

車内での押し問答の末、折れたのはやはり私だった。決して彼らは諦めないと悟ってしまったのだ。関係が悪くなるより自分が折れて丸く収めるほうがいい、と観念した。

肚を決めたあとはさっきまでの無駄な抵抗が嘘《うそ》のように気持ちが落ち着いた。せっかくなので一番の美人を抱きたい。そう思った。

車は最初の通りに戻ってきた。冷静になって見た夜凪は独特の美しさに溢《あふ》れていた。男の欲望と女の色気が光と熱気で混じり合った異様な光景だった。

「私のところに戻ってくるってわかっていましたのよ」

私はひとりの女を選んだ。テレビの中でしか聞いたことのない上品な関東弁を話し、透き通るような真っ白い指を私の指に絡ませると、赤い絨毯《じゅうたん》の階段を一緒に上った。

女は、車の中で最初に目が合ったあの美女だった。肚を決めた以上、童貞を捧《ささ》げるのは彼女しかいない、と内心決めていたのだ。

「見ればわかるの、お坊ちゃん、こういうところははじめてなんでしょう？　緊張してかわいそうに」

女は名を名乗った。悔やまれることにその名は遠い記憶の彼方《かなた》に忘れ去ってしまったが、変わった名前だったことを覚えている。あとでこういうところで働く女性は、源氏名《げんじな》という呼び名を持つことを知り、そういうことなのかとわかったがこの時はただ、侍みたいだなという印象を抱いただけだった。

名前を忘れてしまったのにはもうひとつ理由があった。彼女との情事が幼い私にとって、とてつもなく甘美な思い出になったからだ。

特に口元が魅力的だった。薄い唇は朱《あか》く濡《ぬ》れていて、笑むと覗《のぞ》く白い歯がさらに欲情を掻き立てる。金柑色《きんかんいろ》のアイラインが吊《つ》り目がちの目を引き立てていて、それとは対照的にも思えるビー玉のような猫の瞳が興奮に火を点《つ》けた。人生ではじめてのキスで顔を近づけた時、強い香りがあった。嗅いだことのない、甘く芳ばしいそれにくらくらと眩暈がして、私はとろとろに酔った。

その後、煎餅布団の情事で覚えているのはもっぱら彼女の口元ばかり。あの口元の……にたまらなく興奮し、今でもふとした時に思い出し、胸がざわつくことがある。あの口元の傷が——

気が付くとなにもかも終わっていて、私は帰りの車の中にいた。

「大人になったらまた会いましょう」

煎餅布団で果てて横たわる私の耳元に、女は優しく吐息を吹きかけた。子供だった私にはそれが社交辞令だとはとても思えなかった。

感想を急く社長らの言葉が耳を突き抜けていく中で、夜凪の美しい光の川を見ていた。

煌びやかな色街の景色が目に焼き付いている。今でもあの夜の風景は鮮明に覚えているし、おそらく今もあの街の夜はまるっきり同じ風景をたたえて男を待っている。
ようおこし。ここは夜凪、ええ子おるで。

つばきの章

椿《つばき》夜凪……日本最大の夜凪であり、関西ではもっとも知名度が高い。現在はなかば観光地化しているが営業中は関係者以外の女人《にょにん》の立ち入りが極端に嫌われ、撮影厳禁は変わらず。他の夜凪と違って外国人対応をしている店もあるあたり、格の違いを見せつけている。中央に鎮座する遊廓建築をそのまま残した日本料理屋は現在も営業中で貴重な文化遺産であり、同時に椿夜凪を象徴するランドマーク的役割を担っている。

一時代を築いた超大型遊廓『櫻《さくら》遊廓（現櫻夜凪）』に追随する形で知名度を上げ、その地位を脅かす存在にまで成長した。太平洋戦争での戦火を免れた強運も大きな追い風となった。現在でも二百を超える出店数を誇り、椿夜凪料理組合は地域のクリーン化や慈善活動、自治にも力を入れている。未成年および女人禁制・撮影禁止が原則だが年に一度の夏祭りの日だけは市民に開放され、椿夜凪内を子供神輿《みこし》が闊歩《かつぽ》する。

夜凪を『遊廓』と呼ぶのは正確ではないが、夜凪特有の華やかさ、妖しさから『最後の遊廓』と呼ぶ者も多い。

料金は十五分一万一千円からで二十分一万六千円、三十分以上のロングにも対応している。夜凪の中ではもっとも料金が高いが、ホステスの質も極めて良い。

椿夜凪

令和元年、まだまだ残暑のきびしい九月某日。だはは、という笑い声でこの話は幕を開ける。

「食事に行くと騙《だま》されて筆おろししたということですか。その話、面白すぎますね！」

「そうでしょ？　僕の童貞喪失すべらない話」

新世界《しんせかい》の串カツ屋。カウンターで佐々木和仁《ささきかずひと》と肩を並べながら二十年前の童貞喪失残酷物語を語った。

「それで、口元のなにに興奮したんですか」

「それが忘れちゃって。なにしろ二十年前のチェリー最東《さいとう》くんですから、夢中だったんでしょう。とにかく口元のなにかがエロかったたって思い出です」

「気になりますねえ〜。なんだか色々想像が膨らみますよ」

「でも佐々木さんだって結構遊んだクチでしょ？」

佐々木は最東対地（私）の担当編集者だ。光文社《こうぶんしゃ》に勤めている。この日は何度目かの新作の打ち合わせのため、大阪在住の私の元へと訪れていたのだ。

「いえ、お恥ずかしい。そういう遊びに疎いままこの年になりまして」

「そうなんですか？　そうは見えへんのに」

今年、三十八歳になる私よりも一回り近く年上のはずの佐々木は、実年齢よりも幾分若く見える。

「最東さんと一緒にしないでくださいよ。私は見ての通り真面目一辺倒の男ですから」

「真面目というか……まあ、そうは見えますけど真面目そうな人間ほどハメを外すって言いますよ」

心外だなあ、と佐々木は笑った。

「一緒に行く悪友でもいればとっくに経験してるんでしょうが、あいにく悪友には恵まれませんで」

「それじゃまるで僕の回りが悪友だらけみたいじゃないですか」

話の尻を乾いた笑いでごまかし、ジョッキにある銘柄と中身が一致しないハイボールを流し込むとすかさずおかわりを注文した。

「お強いんですね」

「酒ですか？　強いかはわかりませんけど、飲めるならいつも飲んどきたいタチで」

これも九州男児の血ですかねえ、と照れ隠しに笑ってみせるが、執筆中も飲みながら書くくらいのザルなので酒代《さかだい》がバカにならない。独身なので止めどなく飲んでしまうのも悪い癖だ。酒飲みの性分で、こういった打ち合わせや打ち上げなどでつい飲みすぎてしまう。飲食代は版元の編集者が持つということもあり、懐を気にしていないのが決まりが悪い。

「最東さんは酔っても変わらないようですし、羨《うらや》ましいです。私はすぐに顔が赤くなってしまうので、みっともないことこの上ない」

「そんなことないですよ。酒が好きで得することなんてなんもないですから」

「いやいや、この仕事していると飲めるに越したことないんですよ。ところでその夜凪というものなのですが、いつの時代まであったものなんですか」

ピーマンの肉詰めのピーマンを外し、佐々木はそう訊《たず》ねてミンチ肉だけを頬張っている。それを横目にハイボールのジョッキを控えめに傾けた。

「今もありますよ。元気に営業中です」

なるほどぉ……と咀嚼《そしゃく》したミンチ肉を梅酒ソーダで流し込んだ佐々木は間を置いて「全部？」と聞き直した。

「本当に知らないんですか？」

つい、大阪の男なら当然知っている＝日本中誰でも知っていると無意識に思い込んでいた私は、佐々木がしらばっくれているのかと思った。

「知りませんってば。教えてくださいよ」

困ったように笑う佐々木を見て、思い直す。

「夜凪は五つあるんですよ」

ほぉ、と目を丸くする佐々木に、この近くにもあるんだと説明してやった。

「近くに？　夜凪……つまり遊廓がですか」

「遊廓っていうか遊里というか、まあわかりやすく言うとそういうことです」

「へえ～……ちなみにそれは何時までやってるんですか」

その言い回しに佐々木の言わんとしていることを察した。

「零時までやってますよ。まだ九時ですし、行ってみますか？」

「是非！」

佐々木の思わぬ大声に、後ろのテーブルで仮面女子《かめんじょし》の話で盛り上がっていた男たちが振り向いた。

光文社の佐々木と知り合ったのはデビューしてすぐの頃だ。

帝国ホテルで催された角川三賞の授賞パーティー。受賞者でありながら、どうしようもない場違い感に包まれていた時、声をかけてきたのが佐々木だった。

「すごい才能が出てきたと思いまして。是非今度うちで書いてください」

パーティーにおける『うちで書いてください』は九割方社交辞令だとあとから知った。しかし、佐々木からは、実際に連絡があった。

なんでも私は『売れる作家のにおい』がするそうだ。そう言われて気分を悪くする作家などいない。早く期待に応えたいものだ。

佐々木とは年に何度か会う。ほとんど打ち合わせとは名ばかりの雑談で、仕事の話は一向に進まない。のらりくらり躱《かわ》している私が悪いのだが。

「せっかくなんで大門《おおもん》から入りましょう」

ええお任せしますよ、とふらつく足取りで佐々木が答える。

早々に店を出た私たちは、佐々木のリクエストに応えて椿夜凪へとやってきていた。

佐々木はパンパンに膨らんだ鞄《かばん》を肩からかけ、やたらとキョロキョロしている。挙動不審ここに極まるだ。

「えらい鞄パンパンですやん。全部書類ですか?」

「いえ、コートとか帽子をね、丸めて入れてるんです。思いのほか暑くて、着てられないんで」

「コートって、今九月ですよ?」

「額面通りに受け取らないで下さいよ。サマーコートです」

サマーコートと言われてもイメージが湧かない。サマーと名に付くくらいだから、季節外れなものではないのだろう。

私服と考えれば膨らんでいるのは別に不思議ではない。

やや遠回りをして【椿夜凪料理組合】と大きく看板が出た通りの角を曲がった。

「昔は夜凪の一帯は高い壁で囲まれていて出入りできるのは大門からだけやったんです。【嘆きの壁】っちゅうて」

「それはきっと遊廓の頃の話でしょうね。遊女が逃げないように管理したんでしょう」

ひでえ話、と笑い合っているとすぐ近くに電灯がみっつ連なった変わった形の街灯があった。ローマ字で『TSUBAKI』と意匠が施されている。そしてそれが道路を挟んで二本、左右対称に立ち、ふたつを結んだ電線にぶら下がった『御神燈』と書かれた提灯が私たちを歓迎していた。

「ここ大門跡です」

夜凪内には街灯が多いがこの形をしているのはこの二本だけだと説明すると、佐々木は興味津々のまなざしで観察した。

「そしてここからが椿夜凪。独特の香りがするでしょ」

「独特の香りですか？」

佐々木はピンときていないらしいが、ほんのりと甘いような苦いような、言葉では形容しがたい複雑な、だけどいい香りが漂っていた。二十年前の記憶がよみがえる芳香だった。

「そんなことより、圧巻の景色やと思いませんか」

まさに大門は境界線だった。そこから先に異界としか形容できない景色が広がっている。

「ひえ〜……」

ギラギラとした歓楽街のネオンとは違う。店の中から漏れた暖色系の光と提灯。通りにはまあるい街灯と同じ高さでずらりと並ぶ四角い店看板。白く灯《とも》る中に勘亭流《かんていりゅう》のフォントの黒字で様々な屋号が目に入る。

「ここ、本当に日本ですか」

苦笑しながらも興奮気味に佐々木はつぶやいた。

夜道に突如として現れるそれはあまりにも異様で摩訶《まか》不思議な街並みだった。立っているだけで酔いそうな妖艶さが目の前いっぱいに広がっている。ひたすら圧倒されている佐々木と歩きながら、あの日の懐かしさに胸がいっぱいになる。

「お兄さん、足止めて見てって」

軒先に立つ年増の女が、店の前を横切るたびに嬌声で客を引く。佐々木は返事をしていいものか困っているようだ。私より年上の彼だが、動揺している姿に親近感が湧いてきた。

「別に遊んでってもいいんですよ」

冗談でそう言ってみると「ええっ、そんな！」と大声を出す。肝が据わった女たちは佐々木の大声ごときでは身じろぎもしない。

「うわっ、あの子かわいいなあ！」

「こっちは青春通《せいしゅんどお》りって言って主に若くてかわいい子がいる通りです。筋によって趣味嗜好《しこう》が変わるんですよ」

椿夜凪は五つある大阪の夜凪の中でももっとも巨大なオバケ夜凪だ。ここを訪れれば誰だって遊廓だと錯覚するだろう。知らない人のために一応補足しておくと、夜凪は歓楽街などにある風俗街とは違う。ビルやホテル街ではなく、長屋がずらりと並び、その店頭に色っぽい恰好《かっこう》の女性がスポットライトを浴びて座っている。遊廓的と言われる所以《ゆえん》はここにあり、まさに顔見世のそれだ。一方、一般的な性風俗店は写真パネルでしか女性を確認できないのでこの点で稀有《けう》とも言える。なんといっても椿夜凪は所属している全女性がもれなくその顔を晒《さら》しているのだ。撮影厳禁というのはこの理由も大きい。いや、むしろそれゆえ、といったところだろうか。

他にもおばはん通り、バケモノ通り、訳あり通り、それに花形のメイン通りがあるのだと説明してやると佐々木はさらに鼻息を荒くした。

軒先のあちこちから手が伸び、男を手招きしているのは遣りて婆と呼ばれる客引き専門の女だ。上がり框《かまち》に敷かれた座布団の上で微笑んでいる女を売り込み、客を誘う役割を担っている。彼女たちも元はここで働いていたOGであることがほとんどだ。

「あの、ちょっとトイレに行きたいんですが……」

もじもじと懇願するように佐々木は眉を下げた。なんでそんな顔になるんだ、と内心笑いながら夜凪内に設置された公衆トイレに案内してやった。

佐々木は個室に駆け込み、なんだ大のほうかと思いながらスマホをいじっていると数分と経《た》たずにメッセージが入った。

『待たせるのは申し訳ないのであとで合流しませんか』

「待たせるのは申し訳ないって……なんかおかしなこと言うてへんか?」

一瞬、困惑したがすぐに意を汲んだ。もしかして本当に遊びたいのかもしれない。

椿夜凪のショートは十五分。ギリギリ連れを待たせられる時間といえばそうだ。もしくは純粋に夜凪の雰囲気を楽しみたいということかもしれないとも思った。

ともあれ、あとで合流したいということはすこしの間ひとりにしてほしいという意味に違いない。歩いていて危ない土地柄でもないし、ここは佐々木の望み通りにさせてやることにした。

――俺も遊んでいくか？

と頭によぎったがすぐに考え直した。二十年前のあの日以来、ひやかしに訪れることはあっても椿夜凪で遊んだことはない。あの時の厭な記憶がよみがえるから……などというセンチメンタルな理由からではない。単純にここでの遊び方は性に合わないのだ。

あの頃と今とでは多少変わっていることもあるかもしれないが、ネットで調べた限り変わったのはすこし値上がりしたということくらい。ということならば、わざわざ今さらここで遊ぶこともない。

そう思い夜凪をあとにすると近くの居酒屋で一杯やりながら佐々木を待つことに決めた。

「厭です！　厭や、いーやーあー！」

遠くのほうで声が聞こえてくる。振り返ると三人の男に引っ張られないように電柱にしがみつく若い男の姿と、それを見た遣り手婆が手を叩《たた》いて笑っている光景があった。

あれは二十年前の私だった。あの夜、肚を決める前、みっともなく抵抗したのだ。散々醜態を晒し、喚《わめ》き散らした挙句、ようやっと逃げられないと悟った。

「せめて女の子は選ばせてほしい」と説得して再び車に乗り込んだ――。

目を凝らすと、規則正しく並んでぶら下がる提灯が滑走路の誘導灯のように延びているだけで、電柱にしがみつき喚く若き日の私の姿はなかった。

「うおっと」

角を曲がったところで人にぶつかりそうになった。驚いた先には男がひとりうずくまっている。

「あの、どうかしました？　大丈夫ですか」

こちらの声にわずかに振り向いたが目深《まぶか》に被《かぶ》った黒い帽子のせいで顔はよくわからない。黒いカンカン帽と、マント……のようなグレーのコートだった。

暑苦しい格好が異様さを増幅させている。

もう一度声をかけようとした矢先、男は無言のまま立ち上がる。マントを翻し、声をかける間もなく、足早に立ち去っていった。

それにしてもあの男の、カンカン帽はともかく妙なマントが気になる。いや、ポンチョか？

提灯の揺れる小路《こうじ》に遠のいていく後ろ姿を見て、遠い記憶の片隅でかすかに掠《かす》るなにかがあった。前にも見た気がする。

どこでだ？

「まさか、童貞喪失残酷物語の時やったりして」

言ってみて、あまりの意味のなさに笑ってしまった。

夜凪怪談

「すんごいところでしたね！　日本にまだあんなところがあるなんて驚きでした！」

一時間ほどして居酒屋にやってきた佐々木が、興奮冷めやらぬ様子でまくし立てた。ここで遊んだだけにしてはやけに待たされたが、未知の体験を慮《おもんぱか》り、大目《おおめ》に見ることにする。

「楽しんでいただけたようでなによりです」

かちわり氷レモンサワーを飲んでいた私が飲み物を勧めると、佐々木は店員を探した。

「うめちゃーん、四卓さん注文聞いて」

カウンター内の従業員が佐々木の様子を察し、ホールの女の子を呼んだ。バンダナを頭に巻き、マスク姿の若いアルバイトが注文を取りに来た。佐々木は烏龍茶《ウーロン》を注文する。

「風俗がこんなに楽しい遊び場ならもっと早くに経験しておくべきでした」

若い女の子の店員が去るのを執拗《しつよう》に確認してから佐々木は声のトーンを落とした。

「そう言われるとちょっとややこしいんですけど……夜凪は風俗というか料亭の集合体でして」

「料亭？　別になんにも食べてませんよ」

「それはわかっていますよ。一緒に過ごした女の子は料亭の従業員で、佐々木さんとその子は店で顔を合わせたその瞬間、ビビビと電撃的に恋に落ちその場の勢いで彼女が借りている部屋で愛をはぐくんだ……という設定で」

〝お小遣い付きで〞と加えると佐々木は顔を真っ赤にして反論した。

「ちょっとやめてくださいよ最東さん！　私に売春の片棒を担がせたってことですよね。会社クビになったらどうするんですか」

「そんな馬鹿真面目に受け取らんでくださいよ。ほら、パチンコ屋とかと同じですよ。パチンコで遊んで景品をもらったらたまたますぐ隣に質屋があって換金してもらったみたいな。景品交換所って言いますけどそういうことでしょ？　現にパチンコで勝った客が逮捕されたことなんてないし。建前ですよ建前」

そう言ってやると納得したようにうなずいた。片棒は担がせていない。

「まあ確かに……あれが違法の場なら今も野放しなわけがないですしね。あんなに堂々とたくさんの店が営業できるわけがない。じゃあ安心だ！」

と佐々木はにやついた。『また行きたい』と顔に書いてある。

「しかしあういうのは全国にあるんですか。東京にもあるのかな」

「夜凪は大阪だけです。いや、他にも遊里ってあるんやったっけ？　すみません、ちょっとわかんないんですけど」

「そうですか、それは残念」

残念と言ってしまった時点で語るに落ちているじゃないか。苦笑いを嚙《か》み殺し、軽薄な相槌《あいづち》を打った。

「ところで最東さんは〝梅丸《うめまる》〟という女性はご存じですか」

「梅丸？　女性って……」

店のカウンター内から「うめちゃーん」とさきほどのアルバイトを呼ぶ声が重なる。梅丸とうめちゃん、シンクロしすぎていてなんだか同一人物かと錯覚しそうだ。

それでも話の文脈から椿夜凪のホステスのことを言っているのだと気づく。

「佐々木さんが遊んだ女性ですか？　こんなとこで遊ぶんはじめてとか言うときながら、ちゃっかり名前まで聞いてるとは、やるやないですか」

笑いかけるが佐々木は笑みで返さなかった。

「いえ、違うんです。相手をしてくれた女の子から聞いたのは間違いないですが、夜凪の有名人らしくて。それなら最東さんもご存じなのかと」

「夜凪の有名人って、椿のですか？　う～ん、聞いたことないですね」

もっとも、私は夜凪の事情について特別詳しいわけではない。もしかするとこの界隈《かいわい》で名の通った人物なのかもしれなかった。椿夜凪で有名なホステスとなると、知名度の所以は床《とこ》事情に違いないだろう。そんなにもすごいテクニックを持っているのかと思うと気にならないでもない。

だが佐々木は意外なことを言いだした。

「いえ、なんでも怖《こえ》え〜女だそうですよ。刃傷《にんじょう》沙汰も起こしたことがあるとかで、トラブルメイカーの気質もあるそうで」

「え？　えらい物騒すね。そういう意味で有名なんですか？　いや、面白いですけど」

「そうなんですけど、怖いだけじゃなくしっかりと綺麗であっちのほうもとんでもないって話です。しかもね、彼女は椿だけで有名ってわけではないらしいんです。夜凪、というのは大阪にいくつかあるのですよね？」

「椿を含め五か所あるはずです」

「そう、その五か所すべてで〝梅丸〟という女性が知られているというんです」

初耳の、そのまた初耳だ。

佐々木が言う通り、確かに夜凪は五か所存在している。椿を筆頭に櫻《さくら》、牡丹《ぼたん》、菊《きく》、紫陽花《あじさい》だ。ひとつの夜凪で有名になる、というのは考えるに易しい話だ。だが夜凪と店の垣根を越えて知名度を上げるホステスというのは考えにくい。夜凪に限らず、風俗業界で店の掛け持ちはご法度だし、組合がそれを許すとも到底思えなかった。

しかし、ついさっき夜凪の存在を知り、今はじめて椿で遊んだ佐々木が聞いたという鮮度抜群の話だ。嘘を吐《つ》いているはずもないし、騙されているというのも腑に落ちない。しかし、刃傷沙汰を起こしたようなホステスが易々《やすやす》と現場に復帰できるのか疑問だ。

〝梅丸〟という存在の信憑性《しんぴょうせい》はさておき、そういう話が夜凪をまたいでひとり歩きしているというのはあり得るかもしれない。

「それは……非常に興味深い話ですね」

思案顔を見せると佐々木の表情が明るくなった。

「それでですね、その話を聞いて閃《ひらめ》いたんですが……最東先生にご提案があるんです」

「提案、ですか」

ええ、と返事をしながら佐々木はスマホの画面に映し出された一枚の写真を見せてきた。妙に画像が粗く不鮮明な……椿夜凪の景色だった。

「ダメですよ写真撮っちゃ！」

佐々木は目を丸くし、なんのことやらと顎を小さく突き出した。夜凪は例外なく営業中は撮影禁止である。やれやれと思いながら嘆息する。これでよく売春は違法だなんだと言えたものだ。

「〝夜凪を舞台に梅丸という遊女を追う〟というのはどうでしょう」と佐々木は言った。

「夜凪を舞台に梅丸を……って、なんの話ですか」

「ここに来る途中でピーンと来たんですよ。最東さんとは何度も新作について打ち合わせしましたけど、正直どれもイマイチな感触でした。でも夜凪《ここ》へ来て梅丸の話に触れ、これだって思ったんです！」

「〝これだ〟って、つまり風俗小説を書けってことですか」

「とんでもない、なに言ってんですか！　ホラーですよホラー」

そっちはピーンと来たのかもしれないが、こちらはピーンと来ない。夜凪とホラーをどうすれば結び付けられるというのだ。

「考えたんですけど、体裁は小説という形にこだわらなくていいと思うんです。エッセイだったりルポルタージュだったり、とにかく夜凪を題材にして梅丸という謎の存在をですね……」

「待ってくださいよ！　ひとりで盛り上がるんもええですけど、ちゃんと説明してください」

そう訴えると佐々木はすこし面倒そうな顔をした。なぜだ。

「フェイクドキュメンタリーってあるじゃないですか。モキュメンタリーとも言いますね。そうですね、例えば小説だと長江俊和《ながえとしかず》の『出版禁止《しゅっぱんきんし》』シリーズがわかりやすい。虚実織り交ぜて、ほんとか嘘かわからない、読んでて据わりの悪い、厭〜な本を最東さんと作りたい」

長江俊和『出版禁止』はある心中事件を取材したという、曰《いわ》くつきの原稿を手にした著者が、その背後にある謎と真相に迫る、ルポルタージュ風の小説である。ジャンルとしてはミステリーにあたる作品だ。だが著者の長江氏が遺《のこ》されたルポを追っていくような構成をとっており、読み味は小説というよりルポルタージュに近い。フィクションだが実際の事件のことを読まされている気になる。いつまでも悪寒が消えないような読後感のある本だ。

要は『出版禁止』のような、フェイクドキュメンタリーのような構造で夜凪を題材にしてなにかできないかということらしい。

「言いたいことはすこしわかった気がします。梅丸というミステリアスなホステスにフォーカスした作品ってことですよね」

「ええ。例えばそうですね、『怪談』とかどうでしょう。実話怪談っぽく〝夜凪には梅丸という遊女にまつわる話がまことしやかに噂《うわさ》されている〟みたいな」

「なるほど、いいですね。夜凪やとホラーっていうよりも怪談のほうがしっくりきますもんね。怪談の取材部分も書けるし」

「取材部分？」

「ええ、夜凪にまつわる怪談を取材で入手したっちゅうのをエッセイやルポ風に描くんです。そして実話怪談の体《てい》で収録すると二段構えで斬新やと思いませんか?」

「ほお! それは確かに面白そう」

「ただし、梅丸っちゅうホステスにまつわる話が集まればいいんですけど、なければ夜凪の怪談を中心にするしかなさそうですね」

「そうですね。梅丸を中心に置くとキツイかもしれません。怪談メインで梅丸はまあ、できればということで」

とはいえ梅丸というおいしい食材を使わない手はない。でっちあげでも梅丸には活躍してもらうかもしれない。

昔からエロとホラーは親和性があると言われている。なにより書いていて面白そうな題材だ。

梅丸と夜凪をとりまく謎と期待に、私は胸が高鳴った。

怪談

梅丸といふ娼妓

椿夜凪でのある夜の話。

料亭の前に男客の姿がひとつ。その男、面長の顔に窪《くぼ》んだ双眸《そうぼう》からとろんと眠たげな垂れ目が覗いている。その割に、瞳はぎょろりと光を放ち半開きの口から見える歯は鮫《さめ》のように尖《とが》っていて凶暴さが漂っていた。

「梅丸はおらんかね」

遣り手婆は店前に出たホステスと顔を見合わせ、「お店をお間違えではないですか」と答えた。

「いいや、確かにここの店だ。先週揚がったばかりだから間違えるはずがない」

と引き下がらない。

「しかし、うちのお店には梅丸という女の子はおりませんので」

本当に心当たりのない遣り手婆はそう言うものの、客はしつこくそんなはずはないと繰り返すばかりだった。

「梅丸さんはいらっしゃるかな」

数日後、また同じようなことがあった。その客も窪んだ双眸からぎょろりとした目を覗かせていた。八の字の垂れ目、背伸びした芋虫のような長い輪郭に鮫のような歯。気味が悪いほど一緒だが、髪型も背恰好も違う、前にやってきた男とは明らかに別人だ。こんなことがあるのか、と遣り手婆はあんぐりと口を開けて固まった。

先日の繰り返しのようなやりとりで客を帰したあと、奥の部屋でくつろいでいるホステスたちにこの話をしてみた。

「ああ、梅丸の話」

三人いたうちの一人がみかんを剝きながらその名を口にした。

「知ってるのかいあんた」

「知ってるもなにも、あたしについた客が言っていたのさ」

話を聞くとホステスは次のように語った。

「ショートの客だったんだけどねえ、ここへ来るのははじめてだって言ってた。友達が夜凪遊びに熱心で、その付き合いでやってきたんだと。なんでもお目当てのホステスがいるって言うんで、もともと興味もあったし自分も付き合うと手を挙げたんだってさ。その男がまた早くてね〜、はじめてで緊張したからって言ってたけど時間が余っちゃって。あの身の上話するのもほら、あれじゃない？　それでその友達の話になったってわけ」

――やつはどうも夜凪遊びに狂っているみたいで、ここんとこ毎月の給料もあらかたここで使いこんじまうんだ。俺も遊びたいと思っていたことには違いないが、そいつが心配でついてきたっていうのも実はあるんだよねえ。

聞けば客はついさっき、一緒に来た男を見失ったと言った。

――ちょっと目を離した隙にいなくなっちまいやんの。俺はピーンと来たね、ああお目当てを見つけてさっさと揚がったんだってな。一緒に来てる俺に構わず行っちまうんだから世話ねえよ。下半身に人格なし、ってね。

「それが梅丸っていう名前のホステスらしいんだよねえ」

「へえ。あれ、ちょっと待って。あんたそれここで聞いたんだよね」

「他にどこがあるって言うの」

「他のお店と掛け持ちとかしてないよね」

「ひゃあ、なに言ってんのさ。ここでそれはご法度じゃないか！　ここで間違いないったら」

「そうかい。だとしたらおかしいねえ……。その客は『友達が梅丸にぞっこんだ』って話したんだろ。でも今日来た客と前に来た客は『うちの店に間違いない』って言ったんだよ。あんたの話じゃ、梅丸は他の店に籍を置いてるってことになるよねえ」

　言われてみれば……とホステスは黙った。


　雨がしとしとと降る夜だった。

「なあ、梅丸は、梅丸はおらんかね」

しわがれた掠れ声に慄《おのの》き、遣りて婆は固まった。

「おるんだろう？　なあ、梅丸を出さんか」

そんな女の子はいないよ、と言おうと努めるが口をパクパクさせるだけで喉から声が出ない。その原因はわかっている。恐怖だ。

　遣りて婆が慄くのも無理はない。

　現れた男は異様な恰好をしていた。着物は着ているが前はだらしなくはだけていて、帯もゆるゆるにたるんでいる。正面から見た姿はもはや褌《ふんどし》一丁の裸同然だ。間抜けとも異様とも言える風体に、笑おうにもその形相がそれを打ち消した。

男はやはり眠たそうに垂れた目からは考えられないくらい、ぎらついた目をしていた。目の色は泥水のように濁っていて、脂でベトベトの髪はぼさぼさ。吹雪の中を歩いたのかと思うほど真っ白い大量のフケ。さらに土気色でこけた頬は骨の形がくっきりと浮かんでいる。着物はいまにも肩からずり落ちそうで、露《あら》わになった洗濯板さながらに浮いた肋骨《あばらぼね》が見る者を厭な気分にさせた。

男の風貌はまるで泥《どろ》の妖怪だった。

遣りて婆は男の姿を見てそのまま、「妖怪がやってきた」と思い動けなくなってしまったのだ。

「あ、あ」

普段ならばホステスが上座に鎮座し、澄まし顔で客に愛嬌を振りまいているが、生憎今日《あいにく》は客を取り座敷に揚がっている。遣りて婆は一対一で泥の妖怪と対峙《たいじ》する恰好となった。

「なあ、梅丸を出せ。梅丸」

男はパイプ椅子に座る遣りて婆を上から覗き込むようにした。窪んだ眼窩《がんか》のせいで近づくほど人外《じんがい》の気《け》が増してゆく。この顔はあの時とあの時の、梅丸といういもしないホステスを尋ねてやってきた客と同じ顔だ。これで三人目である。全員が同じ顔なのに別人という、理解しがたい現象を前に心臓が縮み上がり、厭な汗が噴き出した。

その目を見るだけで金《かね》やすりで背を削られているような激痛に似た悪寒が全身を走る。

「おるよな。おるよなあ。梅丸ぅ」

今にも鼻先がぶつかりそうなほど男が接近する。嫌悪と不快で飛び退《の》きたいのに、目を逸《そ》らすことすらできない。まるでこの男に体中の生気を絞り取られているようだ。

自分の中から体温がなくなっていく感覚を覚えた。遣りて婆は無意識に死を覚悟した。

「次はいつ来てくださるの。ええ、きっとよ。浮気したら店まで行って夜凪中引きずり回しちゃうんだから」

板の床を歩くふたつの足音と共にホステスの声が頭上から響いた。

それをきっかけにして体に自由を取り戻し、遣りて婆はつっかけを履いたままで店の中に転がり込んだ。

「なあに、騒々しいわあ。どうしたのよ」

客と一緒に階下に下りてきたホステスが訝《いぶか》しんだ面持ちで遣りて婆を見た。

「お化け！　お願いだよ追っ払っておくれよお！」

遣りて婆は必死に叫び、頭を守るようにして丸まった。

ホステスは「お化けだって」と客と笑った。

「笑ってる場合じゃないってんだよお。そこにお化けがいるだろ。梅丸なんていないって言っておくれ」

「ちょっとお母さん（遣りて婆のこと）、大丈夫？　しっかりしてよ」

半ば呆《あき》れたような声音で声をかけると、甘えた猫なで声で客を見送った。

「お母さんってば、ほら見てみなさいったら。誰もいないでしょう」

「いるよぉ。いるってばさあ」

「落ち着いて、ほら」

ホステスに促され、遣りて婆はおそるおそる丸まった体勢から顔を上げた。

「なあ、梅丸いるかい」

そこにはホステスも客の姿もなく、泥の妖怪だけが佇みこちらを覗き込んでいた。

梅丸についてはこんな話もある。

あるところにもの書きの男がいた。もの書きと言っても小説家を名乗るのはおこがましい、文芸誌に一度短編小説が載っただけの男だ。それゆえ男は自虐を含んで、ふだんは自らをもの書きと称していた。

物見遊山のつもりで立ち寄った夜凪だったが、絶世の美女を見つけてしまった。生涯で一度出会えるかどうかの、誰が見ても息を呑む美しさを持つ女だった。

張店の上座で光を浴びる、真っ白い顔に血のような紅を差したその女に一目ぼれした男は誰かに先を越されてたまるかと、あれこれ考える前に店に飛び込んだ。

「梅丸でござんす」

ホステスはそう名乗った。座敷は伽羅《きやら》の香りで噎《む》せ返りそうだったが、むしろそれが男の気持ちを盛り上げた。

「この稼業をして長くなりますが、もの書きのお客ははじめて」

話の成り行きで自らを小説家と名乗ると梅丸というホステスは喜んだ。

その女は、長襦袢《ながじゆばん》姿で綺麗にまとめ上げた髪から露わになったうなじが色っぽかった。男は無我夢中で女を抱いた。ショート（十五分）で揚がったつもりが当然、それで事足りるわけがなく気が付くと朝になり、財布は空になっていた。

それでも非常に満足した男の帰る足取りは軽やかだった。

男の頭の中に蟲が入ってきたのは数日経った晩のこと。

叫びだしそうになる性欲を無理矢理酒で抑え、酔いに任せて自慰に耽《ふけ》り一升瓶を抱くようにして酔いつぶれて眠った。

もぞもぞと蠢《うごめ》く不快な音に目を覚ました男が反射的に耳に手をやった時、指先にかさりとした感触を覚えた。つまみ上げると、まどろむ目にぼんやりと見えるそれは黒いなにか、直感的に虫だと思った。

密林での行軍がよみがえる。もの書きになる前は陸軍兵士としてテニアン島に出征していた。そこでは虫に厭な思い出しかない。仲間の死体に湧いた蛆虫《うじむし》、ゲートルの中にまでへばりつき血を吸う蛭《ひる》、なかには食って美味なものもあったが、大方が碌《ろく》なものではない。

ゆえに男は虫が大の苦手であった。大小問わず、見つければ殺さずにはいられなかった。動く虫を見るのが堪えられなかったからだ。虫は殺す。でなければあの蒸し暑く、人肉の腐った臭気の立ち込める密林の地獄へ舞い戻ってしまいそうな気がした。

今も虫を殺そうと思ったのだが、次第に視界が鮮明になってくるとどうも違和感がある。虫には違いないが、見たことのない形状だ。いや、形状は蜘蛛《くも》に似ている。蜘蛛の形をしているが、普通の蜘蛛とは決定的になにかが違う。

目を凝らすと、酔いからくる頭痛がした。そして違和感の正体に気づく。

その蜘蛛は女の顔をしていた。胴体に女の顔が浮かび、その顔から八本の足が生えている。そしてその顔には見覚えがあった。新雪の純白に血を一滴たらしたような──。

「お、おい」

不意に蜘蛛が逃げだし、男は狼狽《うろた》えた。

すばしっこい蜘蛛はあれよあれよという間に指の上から手のひらに、螺旋《らせん》を描くように駆け抜けていき、見失ってしまった。飛び起き、身をよじって蜘蛛の姿を捜したがどこにもいない。しばらくそうしたあと、男は捜すのを諦めた。

蜘蛛の野郎も人間様に見つかったんだ、とっとととんずらこいたに違《ちげ》えねえ。

そのように納得し、再び平たい枕に頭を預けた。

眠気はすぐに訪れ、この世と夢の世界が曖昧になった頃、ガサガサと頭の中で不快極まりない音が這《は》いずり回った。

「うわあっ」

跳ね馬のように布団から飛び起きると耳を掻いた。首筋から耳に向けて微《かす》かにこそばゆい。それが蜘蛛の足音であるのは自明だった。

ガサガサ。

「ううっ」

耳に指を突っ込むが奥まで入らない。すべての指で試すも頭の中の蜘蛛には到底届きはしなかった。何度もそれを繰り返し、埒《らち》が明かないと耳の周りを強く掻きむしるが掻く動きとは脈絡のないガサガサと蠢く音が頭の中で鳴るだけだった。

ガサガサと鳴るたび頭がおかしくなりそうになった。酔いもすっかり醒《さ》め、無遠慮に掻きまくった耳の周りはあちこち剝けて血が出ている。頭を割って、脳みそごと掻きだしたい欲求に頭がおかしくなりそうになった。

血だ。血をくれ。血が足りないぞ。そうだ、街に出て血を買わなくては。

——すぐに幻覚だと気づき、思いとどまった。

どうしようもない音が頭の中で鳴るたび、男は叫んで気を紛らわせ、やがて気を失うように倒れ、眠りに落ちたのだった。

翌朝、目が覚めてからは不快な音は鳴らなくなった。

代わりに声がするようになった。

それは常に鳴っているのではなく、ふとした時、囁《ささや》くような声で「会いに来て」と聞こえるのだ。すぐそばで聞こえるのにその姿を求めれば宇宙のように遠い。あの女は宇宙人なのかもしれぬ。あの美しさと色っぽさはそうでなくては説明がつかぬではないか。だがそれでも構いはしない。男にはそれが梅丸の声に思えた。ほとんど確信だった。そして、声を聞くたび、梅丸に会いたくてどうしようもなくなる。

次第に梅丸のことで頭がいっぱいになり、なにも手につかなくなってしまった。寝ても覚めても梅丸のことばかり。夢のような一晩の記憶だけが体のあちこちに焦げ付き、四六時中懊悩《おうのう》がやむことはなかった。

そして夜になれば無闇に体を掻きむしり、布団は血だらけになった。ハッと目が覚めると、空爆で死んだ親が仏壇から虚《うつ》ろな目で見つめている。当然、そんなところに親はいないはずなのだが、黒光りする位牌《いはい》が両親の顔をしていた。そして目でなにかを訴えているように見える。なにを言いたいのか、読み取ろうとするもわからず、そのたびに情けなくなった。

父さん、母さん、堪忍してくれ。もうどうにも我慢できぬ。狂いそうだ。俺は梅丸を抱きたい。むしゃぶりつきたいんだ。あいつにだったら俺あ、殺されたっていい。きっと味わったことのない極上の快楽のまま、くたばることができると思うんだ。

嗚呼《ああ》、今こうしている内にも梅丸が他の男に抱かれていると思うだけでどうにかなりそうだ。

いよいよ我慢できなくなり、男は再び夜凪へと向かった。

だがそこで男は不可解な体験をすることになる。

「お兄さん、死んじゃだめだよ」

通りすがりの男が声をかけてきた。その時は自分が声をかけられたとは思わなかった。

「ちょっと、あんた死ぬ気かい？　思い直しな」

「はあ」

別の通りすがりの男からも神妙な面持ちで言われた時、心配されているのは自分だと気づいた。

「なに言ってやがんだ、俺が死ぬだと」

嗤《わら》ってやりすごすと数歩歩いてまた別の者に「バカな気を起こしちゃいけないよ」とコートの襟首を揺さぶられた。頭にきて大声で追っ払ったが、妙に心地が悪い。

「なんだってどいつもこいつも死ぬなとほざきやがんだ。そんなに辛気臭《しんきくせ》え顔してるかよ」

床屋のガラスに顔を映すが自分で変化はわからない。コートにカンカン帽なんてここいらじゃすこしハイカラすぎたかねえ、というくらいだ。だがなにをいまさら、こんなものは普段から身に着けているものだ。

「ねえあんた、どこへ行くんだい。はやまっちゃダメだ」

「首吊るつもりならやめときな」

「自殺なんてバカなこと考えるもんじゃないよ。まして首なんて括《くく》っちゃだめ」

すれ違う者すれ違う者がみな、男に自死を思いとどまるよう諭してくる。最初は腹を立てていた男も次第に恐ろしくなってきた。

どうして見ず知らずのやつらから死の心配をされねばならないのだ。

「死んだっていいことなんてなにもないからさ、思いとどまりになって」

涙目で男に縋《すが》る、子供を連れた見知らぬ女。時代錯誤なお歯黒をしている。

「ど、どうして俺が死ぬって思うんだ？　そんな気はさらさらねえよ」

男がそのように反論すると、決まって憐《あわ》れんだ表情だけを浮かべて去ってゆく。気にはなるが、どういうわけか追ってまで問い質《ただ》す気にはならなかった。どうして戦争を生き延びたっていうのに首を括らなきゃならねえんだ。

——なんだってんだ、どいつもこいつも。

夜凪に向かう道で様々な人とすれ違ったが、声をかけてくるのは年齢も性別もてんでバラバラだった。気味も悪いし、不審だ。

——今日は行くのをよしたほうがいいかもしれねえ。

そう考え、踵《きびす》を返そうとした刹那、脳裏に梅丸との情事がよみがえる。そうなるともう自分でも抑えられなくなっていた。もう後戻りはできない。梅丸に会いたいという気持ちは抑えられなかった。

自分でもなぜそこまで梅丸に会いたい気持ちが勝るのか理解できない。だがとにかく会いたい。会って、無茶苦茶に抱きたい。男の頭はそれでいっぱいだった。

「死ぬな」

「死んじゃうよ」

「死んだら元も子もない」

道行く人たちが死を思いとどまらせようとするのをすべて無視して、男はずんずんと夜凪へと向かっていく。そうしてついに夜凪の大門をくぐった。

しかし、梅丸はいなかった。

数日前に揚がった店は覚えていたが、その時いた遣り手婆ではなかったし、「梅丸なんてホステスはいない」の一点張り。そんなはずはないと食い下がっても女の返事は変わらなかった。

もしかすると間違っていたのかと思い、他の店もあたったが誰もその名すら知らないという。失意のまま男は大門に引き返し、見返り柳を未練がましく睨《にら》んだ。

眼球の奥の奥で不快な蟲《むし》の気配がする。脳みそ中を這い回り、痒《かゆ》みのような『梅丸を抱け』というささやきに気がおかしくなりそうだった。

その時、一匹の猫がやってきた。まるでわかっていてわざと視界に入ってきたような所作で、そのしなやかな体運びに梅丸の姿を重ねてしまう。

「よおし、代わりにお前をかわいがってやらあ」

男はそう言って持っていた匕首《あいくち》で猫の顔を切りつけた。猫はなぜか逃げなかった。鮮血に濡れた猫は断末魔の叫びをあげ、その辺を転げまわる。

どうしたことか、目の奥の痒みが和らぎ、気をよくした男は転げ回る猫を思いのまま踏みつけた。猫は口から黒い血を吐き、顔から噴き出す赤い鮮血と混ざり合った。やがて血のあぶくを吹き、尻からは内臓が飛び出す。猫が痙攣《けいれん》するたびに男は梅丸のしどけない肌を感じた。

猫の壮絶な死を見届けてしまうと、すぐにまた梅丸への執着がよみがえる。頭を掻きむしり、自慢のカンカン帽が落ちる。掻いても掻いても頭の中の痒みは増すばかりだ。

梅丸に会う、でなければなにかを殺さねばこの痒みはなくならない。猫ごときをぶち殺したくらいではだめだと悟った。

男は油屋に駆け込み油を買った。そして大門の前で頭から油をかぶる。こうするしかないのだ、と目の奥で蟲が囁く。その声はどうしようもなく美しく、聴くだけで酔ってしまうような、梅丸の声だった。

「もうすぐ会えるぞ梅丸！」

油まみれのまま、夜凪の一軒の店に飛び込む。驚きのあまり声にならない遣りて婆と、目をまん丸くひん剝いたホステスがやけに目に焼き付いた。勢いのままマッチをひと擦りすると、たちまち男もろとも店は火の海と化す。

突然の炎はあっという間に隣の店に飛び火していった。お天道様がのぼる頃には、燻《くすぶ》った焼け野原と化し、皮肉にもそれは男の両親の命も奪った空襲の跡のようだった。

焼け残った母子像の前には、やがて花が手向《たむ》けられるようになった。

泥の妖怪も、梅丸の行方も、なにもかも炎と共に消え去った。

男の焦げた骸《むくろ》から花が咲いていた。

さくらの章

櫻夜凪……かつて日本一の遊里とも言われた『櫻遊廓』が前身で、大阪では椿遊廓と双璧を成していた。一時期、娼妓の数も吉原を抜くほどで、多くの若者はここで筆おろしをするのが験担ぎだったという話まである。大正末期に紫陽花夜凪と共に【夜凪】として認可を獲得。現在まで続く遊里と相成った。昭和になって椿夜凪の台頭により、かつての威光は鳴りを潜め日本一の名を奪われる。戦後は場所を移し大阪を代表するドーム球場のお膝元に存在している。椿夜凪ほど広大ではないが、現存する夜凪の中では二番目に大きく、夜になればホステスが嬌声を上げて手招きし、男客がホステスを吟味する光景が見られる。

近年、観光地化している椿夜凪から乗り移る客や他店競合に疲れて流れてくるホステス多し。

料金も椿に比べてやや良心的。二十分一万一千円、三十分一万六千円から。店でもらった棒キャンディーを咥《くわ》えていれば他店の遣り手婆に話しかけられない。

佐々木、再び

「調べてみると大阪にある五つの夜凪とは別に、関西には兵庫、奈良、和歌山にも夜凪があるようです。他の県にも現役の遊里はあるんはあるんですけど、どこも売防法以前からやっているようなところで、ほとんど壊滅状態です。そういう意味でも関西の夜凪はかなり特殊やと思うんですよね、あれだけの規模で今も営業を続けてるんですから。言うてどれも椿や櫻ほどの大きさちゃうんで、壊滅寸前の夜凪もあります」

スマホに向かって夜凪について説明すると、受話口から『いいですね』と弾んだ佐々木の返答があった。

椿夜凪に訪れた夜から三ヵ月近くが経っていた。

話が持ちあがった時は盛り上がったものの、いざ考えてみると思いのほか難しい。

他社の仕事をしながら、ぼちぼち夜凪のことを調べ、ようやくこの日、話が動いた。

『なるほど興味深い。夜凪の怪談、私も別ルートで蒐集《しゅうしゅう》しますし、最東さんの怪談募集のSNS投稿も私のアカウントで拡散しましょう！』

光文社の文芸編集部のSNSアカウントは個別の企画では使えないので、佐々木は自分のSNSアカウントを利用すると言った。これでもそこそこの影響があるはずなので、ひとつやふたつくらいの怪談は集められる自信があると豪語した。

『取材先なども任せてください。可能な限りアポ取りしますし、提案もさせていただきます』

「わかりました。さすが敏腕編集者ですね」

誰から聞いたんですかそんなこと、と佐々木は笑った。彼の噂を知る作家仲間から聞いたのだ。おだてたわけではない。

『じゃあ、まず取材を含めたスケジュールを組みましょう』


すっかり冷えこんだ十二月某日。私は新《しん》大阪駅で佐々木と落ちあい、櫻夜凪を訪れることになった。

取材のアポを取ったので大阪に来るという佐々木からの電撃訪問の知らせだった。思ってもみなかったちゃんとした取材である。さすがの行動力に思わず舌を巻いた。

京セラドームの頭が見える道をスマホのナビ通りに歩く。午後二時からの急な待ち合わせのおかげで日課の昼風呂も入れなかった。

私が住む御殿山《ごてんやま》から新大阪までは微妙に便が悪い。特急と急行が止まらない駅なので、大阪メトロを含め二度も乗り換えなくてはならない。櫻夜凪の最寄り駅まではさらに面倒だ。車で来ることも考えたが、取材後に飲めないなんてそれ以上に拷問だ。

「このあたりですね」

櫻夜凪はアーケード商店街と隣接している通りの一角にある。多くの場合、夜凪は地域住民と共生している。そうでなければとっくの昔に壊滅に追い込まれていてもおかしくない。住民の生活と一種密接な関係を築き、ある意味で共に自治を担っている面もある。一般的な風俗店とは違い、夜凪とはそういうところだ。

ふと立ち止まり、今来たアーケード商店街を振り返った。

しかし裏を返せば、夜凪を監視しているのは警察や行政などではなく、地域住民ということか？

「どうしました？　早く行きましょうよ」

立ち止まった私に、じれったそうに佐々木が催促した。

「ああ……はい」

張り切って腕をぶんぶん回す佐々木から、なんだか覚えのある香りが漂ってくる。

「この匂い……。佐々木さん、そこまでハマっちゃったんですか」

「はい？」

その香りは以前ふたりで訪れた椿夜凪の香りだった。それがなんという種類のなんという香水かまではわからなかったが、よほど夜凪遊びが忘れられなかったのか。しらばっくれる佐々木にはそれ以上突っ込まず、私たちは櫻夜凪へと足を踏み入れた。

頓龍のユカ

椿夜凪と違うのはまず道幅だ。椿夜凪は通りの幅が狭く、車一台通るのがやっとだ。櫻夜凪は二車線の道路になっている。ホステスの数も違う。椿夜凪の場合、張店に出ているホステスは基本ひとりだ。座布団にちょこんと座り、眩《まぶ》しいライトに照らされホステスが愛嬌を振りまく。

櫻夜凪では数人のホステスがカウンターに並んでいる店が多い。椿と同じくひとりだけの店もあるが、二～三人が並んでいる光景は椿に慣れていると驚くだろう。客は軒先で目当ての子を指差して一緒に上へと揚がる。

料金も椿夜凪よりも割安で遊びやすいだけでなく、シャワーを完備している店が多いのも特徴だ。ずいぶん前に櫻夜凪で二度ほど遊んだことがあるが、個人的には椿夜凪よりもこちらのほうが好みだ。

櫻夜凪は、隣接している店と店の間隔が広いことも特徴のひとつ。メイン通りは椿と同様にずらりと店が並んでいるが、メインを外れた通りでは比較的ゆったりとして間隔が空いていた。

通りが碁盤の目状に敷かれている椿と比べると歪《いびつ》な形の櫻夜凪だが、ジグザグに周回するのもまた風情がある。

「頓龍《とんりゅう》……ね」

佐々木からアテンドされたのは【頓龍】という店だ。

どういうツテをたどって得たのかわからないが、とにかくこの店と話をつけているらしい。行って佐々木の名前を告げれば、案内してくれる——と。

「それにしてもよく話を……あれ？」

気付くと佐々木の姿はなかった。アテンドの件はありがたいが、作家そっちのけで遊ぶのはいかがなものか。とはいえ、そこを突っ込むのは野暮というものか。嘆息混じりに私は店を探した。

「いらっしゃいませ～。どの子にしよか」

【頓龍】の前で立ち止まるとマスク顔の遣り手婆が、ビー玉のような大きな瞳を細め、嬌声を上げた。

慌てて光文社と佐々木の名を告げると、「聞いてますよ～」と気を悪くすることなく対応してくれた。

「ユカちゃんって女の子おるやろ、その子と上揚がって話してな」

遣り手婆の言葉にカウンターを覗くと、目元のメイクがやけに濃い二十代くらいの〝にこる〟と書かれたネームプレートのホステスと、ややふくよかな三十代半ばくらいのホステスがいた。胸のネームプレートに〝ユカ〟という名前を確認するのと、振り向いた彼女と目が合うのがほとんど同時だった。

「靴こちらに脱いどいてくださいな、ああっ、そのままで結構です」

上がり框では、たった今指名したユカが手を差し出している。

「お兄さん、おいで～」

「いや、俺は客ちゃうくて――」

「はいはい、ええからええから」

客相手の接客と変わらないユカの対応に戸惑う私に、遣り手婆の甲高い声がかかった。

「どうぞ～ごゆっくり」

おずおずとユカの手を取ると、手は焼けるように熱かった。遣り手婆を振り返るが、もうこっちを見ていない。遣り手婆と言ったが、年齢的には婆というより遣り手女だ。年増という風情ではなかった。目元しかわからないが、ユカよりも美人のような気がする。

「足元気を付けてくださいね」

手を引かれながら階段を上がり、そのまま手前の部屋に入る。

「じゃあお兄さん、一緒にシャワーに行きましょっか」

「いや、このままでええねん」

「シャワーは決まりやから～。はよせんと、話でけへんで？」

「はよせんとって……、なんもせえへんって！」

ぐいぐいと腕を引っ張るユカが目を丸くする。こうして見ると愛嬌があってかわいい顔をしていると思った。

「え～なにそれ～」

ユカは笑っていたが、明らかに困惑顔だった。なにか大きな行き違いがあったようだ。

「あの、遊んでから話を聞くっちゅうことやなくて、話だけさせてもらえたら」

そう言って名刺を差し出すと、おそるおそるユカは手に取った。

ホラー作家という肩書を見て、へぇ～と声を上げた。名刺とこちらを交互に見比べながら興味深そうに観察している。

「お母さん、そんなこと言うてはらへんかったわ」

「一体、どう聞いたん……」

動悸《どうき》を気取《けど》られまいとしつつ、下腹部がしっかり反応している自分が情けない。もう一押しされたら危なかったところだ。

「なんか、話聞きたいお客さんがおるって」

「話聞きに来たんはほんまやけど、お客さんではないかな……」

え～っ、とユカが明らかに不服顔になる。これまでの愛嬌のよさが影を潜め、私を見る目が変わった。客じゃないなら、時間の無駄だとでも言いたげだ。いや、言いたいのだろう。

――佐々木のやつ、得意げにアポ取ったとか言うといて、めちゃくちゃ詰め甘いやんけ！

心で叫ぶが、ユカにはなんとか作り笑いで取り繕った。

「今度ちょっとこういうところが舞台の小説を書く予定で。それで働いている人の話とか聞けたらと思って。厭な質問には答えんでええから、どうやろ？」

「ええけど……遊ばへんの？」

「遊びたいのはやまやまやねんけど、今日はあくまで仕事のつもりで来てるから。今度来たら、絶対遊ぶわ」

ユカは訝しげに私を見るのみだった。遣りて婆から頼まれているから、無下に断れないが、金にならない仕事をする筋合いはない、と早合点しているに違いない。

「大事な仕事時間を割いてもらうわけやから、ショートの料金を謝礼としてお支払いします」

「えっ、そうなん？」

瞬時にユカの顔に血色が戻った。文字通り現金な女だ。いや、これが普通だ。

「なんでも聞いてええで。っちゅうか、遊ばへんの？」

「いやあ、そんなんしたら時間オーバーしてまうし」

「延長料金払《はろ》うたらええやん」

「それはまた今度っちゅうことで」

「え〜っ、遊べばええのに」

言葉ではそう言いつつも、ユカはまんざらでもなさそうだ。なんだかんだで、働かずに謝礼をもらえるのだったら、それに越したことはないという態度だった。

佐々木からは事前にショート一回分の金額を入れた封筒を渡されている。あとでごねられでもしたら敵《かな》わないので、先に手渡した。ユカは私の目も気にせず、封筒の中身を確かめると上がり框で手を引いた時の笑顔が戻っていた。

「話だけやったらちょっと長くなってもええで」

機嫌が直ったようでなによりだ。

「それじゃあ――」

気を取り直すと、腰を浮かし座布団に座り直した。

新たな代表作

アーケード商店街の一角にある居酒屋に佐々木はいた。

梅酒ソーダで唇を濡らしていたが、私と目が合うやいなや立ち上がり満面の笑みで手を振った。

ユカよりいい笑顔だ。

「最東さん、こっち！　お疲れ様です。あっ、ビールでよかったですよね」

カウンター内の店員に向けてビールを注文する佐々木のテーブルに着席する。

「で、どうでした？」

「どうでした、やあらへんですよ。なんで話だけだって言うてくれへんかったんですか」

えっ！　と店中に響き渡らんとする大声の佐々木に辟易《へきえき》しつつ、事情を説明した。

「そんなもったいない！　遊んでから話を聞けばいいじゃないですか」

嘆息しながらメニューを手に取った。これ以上話しても無駄だ。

「だけど最東さん、昔の大文豪だってみぃんな借金作ってでも遊廓で遊んだんですよ？　いわば小説家の嗜《たしな》みみたいなもんです」

「なんすかそれ。共犯者作りたいだけでしょ」

思わず毒づく。

「いやいや、事実ですってば。永井荷風《ながいかふう》が【玉の井《たまのい》】に入り浸っていたという話は特に有名ですし、石川啄木《いしかわたくぼく》だってあの手この手で金を無心しては、借りたその足で遊廓に行ったといいます。総じて文豪たるものクズ人間たれってことですかね」

「なんかクズ人間って言われてるような」

表現者なんかはどこかが欠落しているくらいがちょうどいい、と持論を展開する佐々木にやや辟易しつつ、なかなか来ないビールを待った。

「じゃあ佐々木さんもこれで文豪ってわけですか」

佐々木はハッと顔を上げた。わずかに何とも言えない間が漂った。

「私が文豪だなんて勘弁してくださいよ〜」

佐々木は、妙な間を打ち消すかのように破顔する。デリケートなところを突いてしまったのかと、一瞬焦った。

「で、一体どういうツテであの店のアポ取ったんですか」

「これでも編集者歴長いので」

とニヤニヤ笑い、結局佐々木はそのことについては明言しなかった。

「文豪に成りそこねた最東先生はどんな収穫があったんですか」

佐々木は話題を変えたが、むしろそちらが本題なので下世話な話題はそこまでにして、ユカから聞いた話をすることにした。

「あの店のユカというホステスから、いい怪談を聞きましたよ」

その怪談とは櫻夜凪が遊廓だった頃の話で、重要な役割として猫が登場する。ユカ曰《いわ》く、遊里には猫にまつわる話が多いらしい。

『死んだ遊女は猫に生まれ変わるねんて。やから自然と夜凪に集まってくるねん。夜凪の野良猫は店が営業してない時は軒先におるくせに、いざ夜凪が営業をはじめるとさっとどっかに消えてまうねんて。そんなん嘘や～って思うてたんですけど、言われてみると確かにそうやなって』

ユカが語る姿がまぶたによみがえる。

確かに女性は猫に喩《たと》えられることが多いし、もしも猫が人間に化けたとしたら遊女の姿がしっくりくる。

「それはそうとして、梅丸についてはどうでした？」

「残念ながら、そっちはたいした収穫はありませんでした。名前は聞いたことがある、程度の認識でしたね。あっ、あとやっぱりなにか事件を起こしたらしい、というのは言っていました。それがどんなものなんかはわからんって言うてましたけど、なんかえぐい内容の事件や、っちゅう噂みたいですよ」

梅丸というホステスが今も現役だ、という説に関してユカは懐疑的だった。というより、一笑に付されてしまった。

「まあ、それでも幸先《さいさき》いいじゃないですか。本のヒットを祈願して乾杯しましょう！」

杯を交わして、佐々木のほうはどうだったのか、武勇伝を聞かせろとせっつく。

「いやあ私のほうはねえ、はは……」

てっきり意気揚々と語りはじめるのかと思ったら、奥歯に物が挟まったかのように歯切れが悪い。

さてはハズレを引いたのか。

「私の話はいいんですよ、今日は飲みましょう!」

「次はきっといい子に当たりますよ」

佐々木は「ああ、はい」と気の抜けた返事をするだけだった。

佐々木が遊んだ内容をこれ以上掘り下げるのも悪いので、ユカから仕入れた怪談のことを踏まえ、話題を変えた。

「それにしても今回取材して改めて思いましたけど、やっぱり五つの夜凪は全部行っておくべきですね。今回みたいな収穫がないとも限らないですし、行ったことのない夜凪も見ておいたほうがよさそうです」

佐々木もこれには大きくうなずいた。

「他の版元からお仕事の話があればそっちを優先してもらってもいいです。とにかく、うちのは時間をかけてしっかりしたものを作りましょう。書評家が黙っていられないようなものを」

「そんな、大げさですって、書評家なんて」

「大丈夫ですよ。今作は最東さんにしか書けないものです。単行本でやるんですから、ある程度の見込みはあります」

「単行本?　え、文庫じゃないんですか」

「言ってませんでしたっけ」

「単行本なんすか!」

最東対地は文庫デビューの作家である。

もちろん例外もあるだろうが、文庫でデビューした作家に発注される仕事はほとんど文庫書下ろしだ。これまで私が出した本はすべて文庫書下ろしだ。

一口に文庫と単行本は違うと言っても、その違いはサイズだけではない。文庫はそれが最終形態だが単行本は文庫化される可能性がある。売り出すチャンスが一度ではないのだ。

私のような文庫作家が単行本を意識してしまうのは売り出し方が違うせいもある。なんというか、格が違う気がするのだ。

直木《なおき》賞や山本周《やまもとしゅう》五郎《ごろう》賞などの文学賞は、単行本で出されたものしか候補にならない。賞を取った作品は大々的な宣伝が見込める。これは文庫書下ろしにはないシステムだ。

断っておくが文庫書下ろし作家が食えないわけではない。文庫書下ろしを主としている専業小説家は多いし、私もなんだかんだで食えている。安くて持ち運びに便利で読む場所を選ばない文庫は読者にとっては魅力的なのだ。充分に需要と供給のバランスは成り立っている。

それでも、時々は単行本も出したいという欲もある。

佐々木が言う『書評家が黙ってないようなもの』というのは、単行本でこそ売れる本のことだ。書評家が取り上げる本はおのずと業界から注目される。すぐには売り上げに直結せずとも、後々なにかの賞にノミネートされることもある。そういう意味でも、単行本を出したいという欲求は自然なものとも言える。

だとすれば、今作が最東対地にとってターニングポイントになるかもしれない。

そんな気持ちを見透かされたのか、佐々木がグラスを掲げ「最東対地の新たな代表作にしましょう！」と高らかに宣言した。

灯の消えた色街

駅まで佐々木を送ったあと、私はひとりで二軒目に行った。そしてその足で再び櫻夜凪へと戻った。ほろ酔いでいい気分だったからだ。

気付けばまもなく終電だったが、いい話ができたおかげで気にならなかった。

終電がなくなったら、ネットカフェかカラオケで寝ればいい。そんなことよりも今は、営業後で明かりの落ちた櫻夜凪を見たかった。夜凪は零時で営業を終えるのでこのますこし粘れば、本当の意味で夜の夜凪を思う存分周回できる。

夜凪に戻ってくると、顔つきの違う異界があった。

通りからガラガラとシャッターを下ろす音が聞こえ、振り向くと扉を閉めたり椅子を片付けたりしている遣り手婆の姿。さっきまで煌々《こうこう》と眩《まばゆ》い光を放っていた店々も次々に明かりを消し、夜凪は眠りにつこうとしている。いくら時代が移り変わっても、櫻夜凪の建物には遊廓だった頃の面影がはしばしに色濃く残っていた。

このままぐるりと一周し終える頃には闇の夜凪が見られるだろう。期待に胸が膨らむ思いだった。

ふと足を止めた。

「……ん？」

視界に小さな影があることに気づいた。目を凝らすと、じっとこちらを見つめている子猫と目が合った。

『死んだ遊女は猫に生まれ変わるねんて』

ユカの言葉がよみがえる。

手が届くところまで近づきおそるおそる頭を撫《な》でてやると、固く目をつぶったが逃げない。こういう場所だから、人に慣れているようだ。

「お前も昔ここで働いてたのか」

手を顎に回して撫でると、喉をごろごろ鳴らして、気持ちよさそうに子猫は顎を突き出す。そのかわいらしい姿が愛おしくなり、抱きかかえようと持ち上げた時だった。

「シャーッ！」

奥から突然、親猫が飛び掛かってきた。

「おわっ！」

体勢を崩し、尻餅をついたら、子猫は驚いて手の中から逃げだしてしまった。親猫はなおも威嚇《いかく》をやめず、唸《うな》り声を上げている。子猫はひょこひょこと親猫の後ろに隠れた。

「ごめんて！　悪かった、勘弁してや」

謝る声がかえって刺激したらしく、親猫は唸りながら前足で攻撃してきた。避けようとして慌てて立ち上がり、後ろに飛び退いた。

ドンッ。

その時、肩がなにかにぶつかった。

そこに人がいることに気づかなかった。振り返るとがたいのいい男が胸のあたりを擦《さす》ってすこしよろめいている。

「あっ、すんません」

ふたり組の男だった。ぶつかられたほうの男はよほどムカついたのか、ギラついたまなざしで睨んでいる。もうひとりの男も眉間に皺《しわ》を寄せ、威嚇に余念がない。

気色《けしき》ばった男の形相もさることながら、その恰好に目がいった。コート……いや、マントだろうか。個性的なファッションだと思った。

「どこ見てんねんお前コラ、殺すぞ」

私がコートを見ていたことで火に油を注いだらしく、男はさらに距離を詰めて凄《すご》みを利かせた。遠慮ない距離感と声色にこちらもついカチンときてしまう。

「は？　謝ったやろ」

酔いで冷静さを欠いていたのか、つい言い返してしまう。

「あれが謝っとるっちゅうんか？　すんませんってなんやねん」

胸倉を摑《つか》まれ、首を絞め上げてくる。喉の奥からくっ、とうめき声が漏れる。

すると片割れの男がマント男の肩を摑み、「おい、お前がやったらまずいやろ」と狼狽えた。

「関係ないわ。鼻の下伸ばしたエロジジイしばいたところでなんも問題あらへん」

「せやけどお前、連載飛ぶぞ」

「飛ぶか」

「なに囀《さえず》っとんねん。どうでもええけど苦しいやろが、離せやガキ」

「調子乗んなやおっさん！」

突然の強烈な衝撃に視界が烈《はげ》しく揺さぶられた。直後、顔の片側に硬く冷たいなにかがめり込む。

遅れてそれがアスファルトだと気づく。ぶん殴られた。

「頭冷やせや、おっさん！」

冷えたアスファルト越しにふたつの足音が遠のいていく。たった今まで怒り狂っていたはずの若者たちの、足早な靴音だ。急激に酔いが醒《さ》め、情けなさに身が震えた。

「痛《い》った……」

久しく忘れていた拳の痛みにすっかり気分は白けてしまった。いい年してケンカ——いや、一方的に殴られただけだ。みっともないったらありゃしない。

振り返るともう猫の親子はいなかった。腫れた頬にじんじんと余韻を引く痛みだけが残った。

血反吐《ちへど》を吐き捨て、マントをはためかせる小さな後ろ姿を恨めしく見送った。

怪談

猫撃隊

櫻夜凪でホステスとして働くYさんから聞いた話。

その昔、櫻夜凪は吉原を超える賑わいを見せていた時代があった。だが戦後、場所の移転を余儀なくされ、それまでの半分ほどの規模に縮小したのだという。

「櫻夜凪で勤めると、一番最初にされる話なんですけどね」

そう言って語ってくれたのは、櫻夜凪に伝わる〝猫〟についての話だ。

櫻夜凪はもともとの場所から隣町程度の距離のところに移転しているのだが、現在の土地に移ってから野良猫の数がやたらと増えた。Yさんはこの話をある遣りて婆から聞いたと言い、それによると「旧櫻遊廓には野良猫なんて一匹もいなかった」らしい。

なぜ突然、野良猫が増えたのか？

遊廓では昔から『廓《くるわ》に住み着く猫は遊女の生まれ変わり』という言い伝えがある。しかし、櫻夜凪で伝わっているのは、それとはどうも違うらしい。

一昔前、櫻夜凪でホステスが突然死する事件がたびたび起こった。決まって心臓発作が原因で亡くなっており、死んだホステスたちは誰もがこの世のものとは思えないほど苛烈に顔を歪め、在りし日の美しさなど見る影もない形相をしていたという。

恐ろしい目に遭ったのか、恐怖に慄き引き攣《つ》った顔だ。

ホステスの死体は、どういうわけか決まって店の外で発見された。それも店と店の隙間に上半身だけねじ込んだ体勢や、植え込みに頭を突っ込んだ姿勢で死んでいた。いまわの際に彼女たちになにが起こったのか、まるで想像がつかない。

しかも死んだホステスたちはみんな違う店で働いていた。

人の死にまつわる噂は驚くような速度で広まっていくもので、すぐに夜凪の外にも知れ渡り、客足は減っていく一方。これにはホステスたちもすっかり怖がってしまい、櫻夜凪全体で女の子たちの出勤が減り、ホステス不足で閉める店までも現れた。

客もいない、ホステスもいない、明かりだけがあてどなく灯《とも》っているだけの日々が続き、櫻夜凪の料理組合はついに調査と予防に乗り出す。そうしてはじまったホステスたちへの聞き取りの中で、興味深い話が出てきた。

ホステスが突然死した夜、「猫の鳴き声がしていた」という多数の証言を得たのだ。

「たかが猫の鳴き声だろう?」

と当初こそ重要視していなかった組合員たちだったが、ある出来事を皮切りに大きく局面が変わる。

ホステスがまた死んだ。今度は側溝に手をねじ込み、なにかを取ろうとしているような恰好で死んでいた。

厳重な警戒の中でまたも死人を出してしまったのは組合にとっては慚愧《ざんき》の至りだったが、今回はこれまでと違い、わかったことがあった。ホステスの死ぬ前の行動だ。

「猫が鳴いているからって出ていっちゃったのよ」

その店の遣り手婆の証言だった。

猫が鳴いているから出ていったという証言で、組合員たちはホステスの死んでいた恰好を思い出した。見ようによっては猫を捕まえようとしているようにも思える。

一連の事件はきっと猫となにかしらの因果関係があると考えた組合は、『猫撃隊《ねこげきたい》』を結成し野良猫の一斉駆除を目標に掲げた。猫撃隊は過激なやり方で野良猫の撲滅《ぼくめつ》を目指した。見つけ次第、叩き殺すことを主として、猫避けの有刺鉄線を張り、壁や塀には忍び返しを至る所に設置。毒を盛った餌もそこかしこに置いた。

しかし、猫撃隊の尽力も虚《むな》しく猫は一匹として殺せない。罠《わな》にもかかからず、捕まりもしなかった。ホステスたちには『猫の鳴き声には決して反応するべからず』と通達を出し、夜凪を出るまでの行き帰りに組合員が同行するなどした。

殺すことも捕まえることも叶わなかったが、猫撃隊の気迫が伝わったのか櫻夜凪からはいつしか猫が消えた。都合のよさに怪しむ者もいたが、概《おおむ》ね結果を好意的に受け入れ、一連の事件はこれで終息するかのように思われた。

そんな中で新しい死体が出た。

またホステスである。厳戒態勢の中で出た二人目の死人だった。

さらに客足は遠のきホステスも減った。もはや櫻夜凪の存続は風前の灯火《ともしび》だった。組合も猫撃隊もお手上げだ。

夜凪全体が諦めムードになっていたある時、ひとりの男が櫻夜凪にふらりと訪れた。客としてある店に揚がったその男はホステスに妙なことを言ったという。

「君、堕胎したことあるんやないか」

ホステスはブラジャーのホックを外す所作を止めた。

「急になにを言わはるん。いややわ」

「いや、真剣に聞いてますんや。けったいなことぬかすとお思いやろうけどな、こう見えて坊主してまんねん」

そう聞いてホステスはまじまじと男を見た。確かに頭はツルツルに剃《そ》っているが恰好が僧侶には見えない。肌着に腹巻を巻いたスラックス姿——いわゆる普通の服装だ。

男の話を鵜呑《うの》みにできず、動きを止めたまま訝しんだ。

「よう信じんやろうな。でもわかるんや。その証拠に君、ここにおったらよう鳴き声聞くやろ」

櫻夜凪ではすっかり猫の鳴き声はお馴染《なじ》みになっていた。どこのホステスも一度は聞いたことがある。これに気を病んで辞めた者も多いほどだ。

だが不思議なことに客で猫の鳴き声を聞いた者はいなかった。それは組合や猫撃隊の者たちも同じだった。

ホステスたちは、『それは男には聞こえない』という共通認識を持っていた。

それなのにこの男は初対面で鳴き声のことを指摘したのである。もしかすると誰かから聞いただけかもしれない。だが櫻夜凪で働くホステスがみんな猫に震えていたこの頃、なんでもいいから救いが欲しかった。

「そうやねん！　あの鳴き声、お兄さんにも聞こえるん？」

「いや、聞こえまへん。せやけどわかるんや、声は聞こえんでもあれがなにを求めとるかっちゅうことは」

そう言ったうえで、男はホステスにこの鳴き声がした時は絶対に外に出るなと言った。

ホステスはそれを聞いて遣りて婆に男の話を話した。すると猫撃隊の者たちがすっ飛んできた。

「あの、お坊さんだそうで……。聞くところによると猫のことにお詳しいと」

「おっしゃる通り私は坊主をやっとりますが、獣医やとかそういうのんやおまへん。それにあんた、猫っちゅうのはなんのことでっか」

猫撃隊の者たちは顔を見合わせた。

「もしかしてあんたら、あれを猫や思うとるんとちゃいますか」

「ええ……わてらは難儀してます。死人も出て途方に暮れてますのや」

それで改めて事情を聞いた客の男はゆっくりうなずくと「なるほど」とつぶやいた。

「それはそれはえらい気苦労でしたな」

「お坊さん、わてらはどないしたらよろしい？」

「うーん、ほんまは気ぃ進まんのやが……これも人助けでんな。よっしゃ、それではちょっとひと肌脱ぎまひょか」

そう言うと男は猫撃隊にふたつの注文をした。処女をひとりと母乳の入った哺乳瓶。

なんに使うのか不審に思いつつも黙って猫撃隊はそれに従った。

「鳴き声は女の人にしか聞こえまへんけどな、女の人なら誰でも聞こえるわけやおまへんねや。せやけど処女は確実に聞き逃さへん。場所が場所やから、余所《よそ》から連れてこな処女なんていまへんやろ？」

なぜ処女の少女が必要なのかという疑問にはそのように答えた。少女やなくともええけど、処女といえば自然と少女になるやろとも付け加えた。

そうして男は連れられてきた処女の少女とふたりで部屋に閉じこもり、鳴き声がするのを待った。

当然、鳴き声は男には聞こえないから、少女を頼る。

「お坊さん……する。鳴き声が」

「したか。どんな鳴き声や？」

「みゃあ、みゃあ、っていう悲しそうな声です」

「そうか、じゃあ行こか」

下で待機していた猫撃隊と共に外に出て、少女を先に歩かせた。鳴き声が聞こえるのは彼女だけなので、その耳に頼った。

一同は鳴き声のする場所へと向かって歩いた。少女は何度も後ろを振り返り、大人がついてきていることを確かめながら不安げに進んでいく。

やがて細い道へと入り、さらに店と店の狭い隙間を指差した。

「ここ……ここから鳴き声がします」

「よっしゃわかった。ほんならこれをそこに置きぃ」

男は懐から母乳が入った哺乳瓶を出した。冷めないようずっと人肌に温めていたらしい。

少女はそれを受け取ると、男が言った通りに隙間の手前に哺乳瓶を置く。


「みゃあっ！　みゃあっ！」


突然のことに一同は騒然とした。

いままで聞いたことのなかった鳴き声がその瞬間、誰の耳にもはっきりとわかるほど大きく響いたのだ。

「ね、猫や！」

「どこや、どこにおんねん！」

猫撃隊の面々が狼狽え、焦りに支配される中、ひとり落ち着き払った男が「だあっとれ！」と一喝する。空が震えるかと思うほどの迫力でたちまち静まり返る一同に男は無言で哺乳瓶のほうを指差す。

「あんたら、猫や猫やって騒いでましたけどな、これは猫やないで。人間の赤ん坊や」

「あ、赤ん坊……？」

「私らはお水泥《みどろ》さん、って呼んでまんねんけどな」

一同が注目する中、哺乳瓶が置かれた隙間の奥……その暗闇から小さな手がぬっと現れた。手はなにかを探し求めて宙を摑んでいる。そうしてすこしずつその姿が露わになっていった。

「うわあ！」「ひぃぃ！」「ひゃああ！」

一斉に悲鳴が上がる。

哺乳瓶の母乳を求めて現れたのは……首が反対側に捻《ね》じ曲げられた嬰児《えいじ》の姿だった。

「みゃあっ！　みゃあっ！」

男の言う通り、それは猫などではなく……人間の赤ん坊の泣き声だったのだ。

Yさんは語る。

「なんかね、この首が後ろ向いた赤ちゃんは生まれてすぐくびり殺されたんですって。やから同じように赤ん坊を殺した……つまり堕胎したことある女の人だけを泣いて呼ぶんやって言うてました。呼ばれたほうは赤ちゃんの姿が見えるらしくって、つい追いかけてまうんちゃうかって話です。お坊さんが母乳をお供えしてからはホステスが死んだっていう話は聞きませんけど、この時に客足落としたんが原因で櫻夜凪の景気が悪くなったたんはほんまらしいです」

あとで調べてみたところ、この赤ん坊は母親ではない女に殺されたらしい。その女というのが顔に傷のある遊女だった。顔のせいで客が取れなくなった女が正気を失って殺したのではないかと言われているが動機は定かではない。というのも、犯人の女は捕まることなく櫻夜凪から逃げたというのだ。

「……あっそうそう、この話聞かされたあとに必ず『あんた、水子おらんな？』って聞かれるんです。私は泣き声聞いたことないんですけど、ここで働く女の子の中にはやっぱり何人か聞いてるみたいなんですよねぇ。今から働こうとしてる時にそんな怖い話せんでも、って思いません？」

そう言ってYさんは笑った。

ぼたんの章

牡丹夜凪……夜凪には大きく分けてふたつの形式がある。ホステスが店先で顔見世する『料亭』と、置屋からコンパニオンが派遣されてくる『旅館』に大別される。牡丹夜凪は『旅館』にあたる。旅館形式の店にはホステスは常駐しておらず、ひとりで部屋に入りホステスが訪ねてくるのを待つわけだが、この時飲み物と茶菓子をもらえる。牡丹夜凪の旅館の場合は、各部屋に浴室が完備されており事前事後に体を流すことができる。この点が主要な他の夜凪と一線を画す要素である。牡丹夜凪は生活道路と私鉄、住宅街に囲まれるように位置していて、地元の若者は古くから『筆おろしは牡丹夜凪で』が合言葉のようになっている。近隣の風俗店でもっとも店構えが豪華で凝っているのは牡丹夜凪で、新規店などはあまりの派手さに圧倒される。五大夜凪の中でもっとも地域に密着し、共存している夜凪である。料金も十五分八千五百円と夜凪の中ではもっとも安価に設定されている。

取材から離れて

『インバネスコートってやつですよ』

チンピラに殴られた夜の話を聞いて、佐々木はそう言った。電話で話しながらパソコンで『インバネスコート』を検索する。マントのような形をした、変わった形のコートだ。

『昔の小説家がよく着ていたイメージですね。カンカン帽に杖なんてあれば完璧ですよ』

それを聞いて椿夜凪で見かけたマントの……いや、インバネスコートの男を思い出す。あの男は杖とカンカン帽ではなかったか。

「なるほど。はじめて知りました。言われてみれば、昔の日本映画とかでこんなコートを見たことがある気がします」

黒澤明《くろさわあきら》の『生きる』という映画にまさしくそんな風貌の小説家が出てきたな、と喋《しゃべ》りながら思い出した。芋虫のような面長に眠たげな垂れ目、ギザギザの歯という個性的な俳優だった。

『そうでしょう。今では滅多《めった》に見かけないですがね。それと、最東さんを殴ったって男ですが、ちょっと見当つかないですね。順当に考えるなら、漫画家、小説家、ライターかもしれない。私としちゃ、パチンコとかサブカル系の雑誌ライターじゃないかと踏んでいますがね』

言われてみればそうかもしれない。あの時、若者たちが口にしていた『連載』という言葉を聞いて作家だと思い込んでいた。

チンピラに殴られた夜から半年ほどが経っていた。

他社の原稿の追い込みと、新刊の発売が重なり、企画に手をつけられなかった——というのも本当だが、殴られた記憶が厭すぎて、自分の中で落ち着くまで時間が必要だった。それも、半年かかった理由の半分だ。他社の仕事をネタにすれば、佐々木もうるさく言わない。

怪我《けが》はどうということもなく、特に医者に行きもしなかったが、この時ばかりは狭い1DKのひとり暮らしが応えた。寝返りを打って痛みで起きるたびに、ひとりきりの男臭く白々しい空間がどうしようもなく侘《わび》しく、心配してくれる家族がいないことが情けなかった。普段は悠々自適のひとり暮らしを謳歌《おうか》しているくせに、我ながら現金なものである。

実のところ不運はそれだけではなかった。

他社の仕事だが書き上がっていた先述のものとは別の原稿が二本、ゲラになる寸前でパーになった。編集長のOKが出なかったらしい。なんだそりゃ、という気分である。

さらにSNS経由で知り合った編集者からのオファーでやりとりしていたプロットもポシャった。こちらは担当編集者が他部署に異動のため企画消滅とのこと。

『おたくらはよろしおまんな、言葉ひとつでこっちの労力わやにしてもお給料もらえるんやから。こっちゃ本出さな一円にもならしまへんねんで』と嫌みのひとつでも言ってやろうかと半ば本気で思ったが、今後のことを考えて寸前で耐えた。

目に余る作家軽視に、ごねにごねまくってやろうかとさえ思った。

目くじら立てて連中に怒り散らすのは簡単だが、それでその版元との関係が切れてしまえばそれこそ死活問題だ。

その後、色々あってなんとかひとつは発売にまで漕《こ》ぎつけたが、みっつ刊行予定があったことを考えると、そうたやすく割り切れるものではない。

『ひっでぇ話ですね！』

「他人事《ひとごと》じゃないですよ、同業者の話なんですから」

ろくでもないことが立て続けに起こり、気が滅入《めい》っていたせいでぼやきが止まらない。

『やだな～私のことは信用してくださいよ。それにね、他と違って私は最東さんに売れる匂いを感じ取ってるんですから、逃がさないですよ？　それにしてもまあ、どうして最東さんは編集者からそんなにまで舐《な》められるんですかね』

「まあ……なんやかんや言うこと聞くからじゃないですか。相手が自分より立場が上だとちょっとでも思っちゃうと、つい我慢してまうというか」

新人作家は特にこの病に陥りがちだ。『編集者が自分よりも立場が上だ』と思い込む病である。実際は編集者と作家は至極対等な立場だ、と頭ではわかってはいても、つい『本にしてもらってい る』という気持ちが勝ってしまう。早いとこ改めてしまわないと、発想まで縮こまってしまいそうだ。

『だったらなおのこと、今作で見返してやりましょう！　ああ、そうだ。タイトル考えたんですけどね、『花怪談』なんてどうですか。夜凪は名前に花の冠のっけてますし』

「『花怪談』、いいですね」

『それじゃあ決まりでいいですね。じゃあ、そろそろ今後のスケジュールを詰めていきましょう』

佐々木はそう言って企画のスケジュールについて話す。

『刊行時期についてはすみません、ひとまずおいて進めようと思います。というのも、取材先が多いのでその兼ね合いだとご理解いただけると。とりあえずひとつの夜凪を原稿に書き起こすまで、二か月を期限でどうですか』

取材込みで原稿に起こすまで二か月――決して無茶ではないスケジュールだ。

同意を示すと佐々木ははじめに次の〆切《しめきり》として今日から二か月後を提示した。

『これまでの取材に関しては、方向性を決めきれなかったこともあって期限を切ってなかったですが、今後はこのスケジュールでいきましょう。さすがに取材の間隔が半年っていうのもあれなので他社さんの仕事が入ったり、その他の理由で〆切を延ばしたい時は仰《おっしゃ》ってください。調整しますので』

「いよいよ、本格始動って感じっすね」

正直、二か月はもらいすぎだがじっくりやりたい仕事なので、ありがたい。

『取材の申し込みなど希望があれば仰ってください。私のほうでも【頓龍】の時のように、おあつらえ向きな場所があればお知らせします』

電話を切るとひとつ大きな溜《た》め息を吐《つ》いた。一度萎《な》えた気持ちはそう簡単には取り戻せない。櫻夜凪で殴られた一件が尾を引き、再び動き出すのが億劫《おっくう》になっていた。

雨の牡丹夜凪

外は雨だ。電車の車窓から見える空は灰色一色、今にもピカッと閃光《せんこう》が走りそうなくらいに天気が悪い。五月の下旬、梅雨入りにはまだ早い季節だ。なにもこんな日に……と思ったが一度引き延ばすとまたずるずると先延ばしになる。厭がる両足を引きずって、なんとかここまでやってきた。

リュックの中には黒岩重吾《くろいわじゅうご》の『飛田《とびた》ホテル』が入っていた。佐々木が送り付けてきた本だ。彼なりのプレッシャーの与え方だと思うと、すぐにでも取材を再開せねばと焦った。まだ一ページも読めていないが、戒めに持ち歩いている。

そういえば佐々木はなにかを送ってくる時、なぜか宛て名の『最東対地』が『最東対知』と毎度、誤っている。メールでももっぱら『最東さま』や『最東さん』と苗字《みょうじ》しか書かないので、単純に間違えて覚えているのだろう。ゲラになる前に訂正しておかねば。

足も使わないとな……と思いつつ電車を降りた。

雨に濡れた地面からむわりと噎せ返るような湿気が立ち上る。雨でもお構いなしで賑わうスーパー玉手を横切り、路上駐車だらけの側道を歩いた。

スマホ片手に牡丹夜凪を紹介しているブログからナビを起動した。傘の柄《え》を顎に食い込ませながら、雨の中、牡丹夜凪を目指す。

「こんなとこ、ほんまに夜凪なんかあんのか？」

つぶやきが傘を叩く雨音に消される。なんでもない線路沿いの住宅地という印象だった。カラフルな傘の集団がいくつも脇を横切っていった。こちらを窺《うかが》うように半分顔を出した赤と黒のランドセルで下校中の小学生だとわかる。誰も私を気にかけていないのに、目指す場所が場所だけに気まずい。集団下校の小学生のあとに続くようにして今度は女子高生が横切った。

「うめこの彼氏って歯《は》ぁ治《なお》さんの？」

女子高生はふたり組でどちらかの声が聞こえた。うめこ、とは古風だがかわいい名前だな、と思う。それが本名なのかあだ名なのかまではすれ違いざまの会話からはわからなかったが。しかし、うめこの彼氏の歯はどうなってしまったのだろう。

「あっ、ヘンミーやん。やっほー」

向かい側に友達がいたのか、横切ったふたりが振り返った。そのうちのひとりの横顔が目に入る。マフラーを巻いていて鼻から下はわからないが、目元だけで美人だとわかる。猫のような丸い珠《たま》のような瞳をたたえた少女だった。

場に不釣り合いな、大きな駐車場を横切った先の道沿いに誘導灯を持った男が立っていた。雨合羽姿の初老らしき男だ。なんの誘導をしているのかと周囲を見回したが目ぼしい施設は見当たらない。

「こんにちは～」

にこやかに男は雨合羽のフードを上げて挨拶をしてきた。ほんのすこし面食らいながら軽く会釈をして道の角の先を覗き込んでみる。

――あった。

思わず声を上げそうになる。

住宅街と地続きで店々が妖しい光を放っていた。椿とも櫻とも違う、牡丹夜凪にしかない独特の光景だった。まさに異界だ。

雨で空が暗いおかげで、昼間でも牡丹夜凪の明かりは妖しく浮かび上がっていた。雨合羽の男がにこやかに誘導灯を振り私の後ろ姿を見送る。

ほどなくして雨脚が強くなってきた。空はさらに灰みが増し、砕けた雨粒が霧のようだ。地面に跳ね返った雨が足元を汚していくのが不快だった。せっかく牡丹夜凪を訪れたというのに、これではゆっくり観察もできない。

雨宿りするにも旅館しかなく、傘を畳むことは揚がるという意味になってしまう。話を聞くにはホステスからが手っ取り早いが、どうも中に入ろうという気にならなかった。チンピラに殴られたことを思い出すと、こういう場所で危なっかしいことはしたくないのが本音だった。自分が気持ちを切り替えられないのは、ツキが戻っていない気がする。

それにうっかりホステスと遊んでしまえば怪談どころではなくなるかもしれないし、今日はそうならない自信がない。

だらだらとそんなことを悩んでいるうちにさらに雨が強くなってきた。

夜凪を出ようにもすでに遅い。ほんの数メートル先の視界さえ奪う豪雨だ。とにかくこのままでは傘も役に立たなそうだ。屋根のある場所はないものか。そう思って小走りに牡丹夜凪を奥へと進むと小さな社《やしろ》が見えた。狭いが雨宿りくらいはできそうだ。

バケツをひっくり返したような土砂降りの雨の中、社に逃げ込んだ。

傘を畳み体についた雨粒を払う。膝から上は濡れずにすんだが、そこから下は悲惨だった。ズボンの裾は雨と跳ねた泥でぐずぐずだし、靴はすこし足踏みをしただけで泥水が溢れ出る始末。

「あ～あ」

日を改めるべきか、雨が止《や》むまで辛抱強く待つべきか。悩んでいると微かに声が聞こえた。

「ぐお～！」

シャツをひっくり返し、頭を守りながら前かがみで走ってくる男の姿があった。背中も頭も雨に打たれその行為自体が無意味だ。

「ひゃあ～！」

叫び声を上げながら男はこっちへ向かってくる。男もここで雨宿りをするつもりらしい。

「えらいこっちゃ、こらあえげつない雨やで！　ああ、兄ちゃんごめんな。ちょう寄せてもらいまっせ」

背の高い、お笑い芸人のたむらけんじによく似た風貌の男だった。違うのは肌の黒さと無精ひげくらい。私より五つは年上に見える。

「遊び終わって出てきたらこの雨やろぉ？　ダッシュしたらいけるやろ思うたんやけど甘かったわ〜。ほれ見てみぃ、びっちょんびっちょんや」

そう言って男は大口を開けて笑い、水が滴るシャツの裾を見せた。

「ほんまですね。せやけどしばらく止みそうにないですよ」

「あ〜車まで行けたらどうってことないんやけどなぁ。いくら駐車場そこや言うたかて、よう行かんわ」

チャンスだと思った。

「実は僕、牡丹夜凪ははじめてなんです」

「おおそうなんか。もう遊んだんけ？」

「いえ、これから……っちゅうか、遊びに来たんとちゃうんです」

男は目を丸くして「じゃあなにしに来たんや」と聞いた。ここぞとばかりに名刺を渡し、「取材です」と答えた。

「ホラー作家？　なんや自称作家かいな」

なんだか悪意のある言い方だ。少々ムッとしたが、気を取り直す。

「いえ、一応これで食べてる職業作家でして」

「冗談きついな自分。こないなとこ作家せんせが来るわけあらへん。儲《もう》かっとる人はもっとええとこで遊ぶやろ」

「そんな景気ようないですって作家稼業も」

男はひとしきり笑ったあと、舐めるように名刺を見た。

「ほんまに作家？」

「信じる信じへんはお任せしますけども」

不運は続いて

翌日、私は熱にうなされていた。

大雨の中、長時間話していたのがいけなかったのだろう。そのうえ、雨脚が弱まったところでファミリーレストランに場所を移して、男から話の続きを聞いた。こんな悪条件の中での僥倖《ぎょうこう》。この出会いを無駄にするわけにはいかなかった。

「俺のことはジョージって呼んでくれや。島木《しまき》のおっさんと同じや、覚えやすいやろ」

ファミレスにはジョージの車で行った。よほど喋ることが好きなようで、相槌を打たなくても延々と喋っている。本物のたむらけんじでもこんなに喋らない。島木譲二《じょうじ》ならなおさらだ。聞き疲れも熱の原因のひとつなのは間違いない。

だが牡丹夜凪について色々聞くことができた。

昔、あのあたりに旧陸軍の駐屯地があったらしい。戦時中まで、陸軍駐屯地のそばには遊廓（戦中は慰安所と呼んだ）があった。牡丹夜凪もそのうちのひとつだ。そういえば、興味があるのかジョージからやたらと出版業界のことを聞かれたのは意外だった。

難波《なんば》で地下鉄に乗ったくらいから、重い疲労感で頭がぼーっとしていた。家に帰ったらジョージに聞いた話をまとめようと思っていたが、着替えもせずそのままソファに倒れ込み朝まで寝てしまった。

熱が下がるまでまる二日間寝込んだが、この頃になってようやく食欲も復活した。

寝たきりでべとついた汗を久しぶりの朝風呂で流し、冷えたビールで頭を醒ますとすぐにパソコンの前に座った。ところどころ記憶から抜け落ちてしまったジョージの話を思い出しながらキーを叩く。ぼんやりとしていた頭が次第にはっきりしてくるのと同時にファミレスのテーブルでふんぞり返るジョージの姿が鮮明によみがえってくる。

「今は全然ちゃうところ住んでるねんけどな、ちょっとした事情でちょうど帰ってきてたとこなんよ。そんで夜凪が忘れられんでなぁ、つい遊びに来てもうてん」

多弁なジョージだったが、どういうわけか自分の仕事については一切語らなかった。反社系か？　とも疑ったが、それが表情に出ていたのかジョージのほうから「それはないから安心してや。紋々《もんもん》も入れてないしな、なんなら脱ごか？」と先手を打たれた。

その日は、かなり長い間ジョージと過ごしたが、話した内容のほとんどは覚えていない。とりとめのない話ばかりで実のある内容が極端にすくなかったのだ。しかしすべてがくだらない話だったわけではない。

「ところで〝梅丸〟というホステスを知っていますか」

ジョージの話をひとしきり聞いてから、やっと本題を切り出す。これだけ牡丹夜凪通なのだから、名前くらいは知っているに違いない、と期待に胸が高鳴る。

しかし、ジョージの反応は薄いものだった。

「知らんで。えろう古風な源氏名やけど、最東くんがハマってる子なん？」

「いえ、夜凪で噂される伝説のホステスらしいです」

「なんやそれ。小説のネタみたいやな。あっ、小説家か」

ジョージは笑ってドリンクのおかわりを入れに席を立ち、そのまま梅丸の話題は立ち消えてしまうかに思われた。梅丸というのはもしかすると一部でその名がひとり歩きしているだけで、特に有名ということはないのかもしれない。夜凪はここでみっつめだ。それでこんなに情報がなければ、そもそも路線を考え直す必要がある。

「いや、ちょう待ってや。梅丸……って、そういえば昔夜凪で起こった事件と関係あるかもせんな」

ドリンクバーから帰ってきたジョージはアイスコーヒーをなみなみに注《つ》いだグラスを持ってテーブルにつくと、その事件について語りはじめた。

「怪談も集めてるんやろ？　それやったらこんなんイケるんちゃうやろか。戦前の話やと聞いてるんやけどな、夜凪のホステスが客の男に惚《ほ》れてもうてんけどその男が妻子持ちでなあ、痴情がもつれにもつれよってからに男を殺してまいよったんや」

「へえ、戦前の牡丹夜凪でそんなことが」

「いや、ちゃうねん。どうも牡丹かどうかも定かやないみたいでな、とにかくどっかの夜凪であったらしいで。そんで事件の内容が、今でいう猟奇殺人やってな」

ジョージはそこでアイスコーヒーをグラスの半分ほど飲んだ。小さなゲップを吐き、話を続ける。

「ちんちんをな、庖丁《ほうちょう》かなんかの刃物でこう縦に十字に裂いとんねん」

局部の名称をＴＰＯもわきまえず平気で言ってしまうジョージに一瞬怯《ひる》んだが、想像以上の猟奇性に思わず前のめりになった。

「想像しただけで顔、梅干し食うた時みたいなるやろ。男やったら金玉縮こまる話やで」

男性器を縦に十字に裂き、ベロンと広がったまま仰向《あおむ》けで被害者の男は死んでいた。それは聞くだけで凄惨で異常とわかる光景だった。

「その事件起こしたんがその梅丸っちゅうやつかはわからんけど、まあそないな話やったら聞いたことあるわ」

事件のことをもっと引き出せないかとジョージの話を聞き続けたが、それ以上のことは知らないらしくいつのまにか牡丹夜凪のおすすめ嬢の話に話題が変わっていた。

最後にジョージはそこの会計を奢《おご》ってくれた。払うと食い下がったが最終的に押し負けてしまった。出会いの記念だと引かず、仕方なく厚意に甘えることにした。見た目は奇矯《ききょう》だが基本的に善人なのだ。

「ほならまたどっかで会いまひょ。最東くんとならまたすぐ会えそうな気ぃするわ」

難波駅まで送ってくれたジョージが運転席から窓越しに別れの言葉をかけてくる間、後部座席に脱ぎ捨てられたコートがやけに気になった。

夜凪でコートは見たくない。あのふたり連れがチラつくのだ。苦手意識が植えつけられてしまったようで居心地が悪かった。またすぐ会えそうな気がすると言ってくれたジョージには悪いが、私はもう会いたくないと思った。ひどく疲れてしまったのだ。

ともあれ、せっかくの収穫を無駄にするわけにはいかない。ジョージから聞いた変な話を牡丹夜凪の怪談として収録しておく。

追記

この原稿を書いたあと、改めて礼をしようとジョージに教えてもらった連絡先に電話をかけた。番号が間違っていたのか、それとも解約してしまったのか、その番号はすでに使われていなかった。自信満々にまたすぐ会えると言っていただけに、すこしだけ寂しく思った。会いたくないと思っていたのに我ながら都合がいいやつだと反省した。しかし、ああいう場所であんな風に知り合った人間とはこの程度の付き合いが相応《ふさわ》しいのかもしれない。

怪談

雨が降るとやってくる客

牡丹夜凪という遊里は、雨がよく似合う。

旅館街である牡丹夜凪には、今日も旅の客が疲れを癒しに訪れる。そして旅館の若い仲居と互いに恋に落ち一晩の仲になる……そういう街である。旅館であるから、店構えは立派で凝った造りのところも多い。近年になって開店する旅館は特に派手にする傾向があるようだ。

とある客の男が仲居に聞いた話。

夜凪の怪談の中でもこの話は変わっていて、幽霊が出るとか呪いがあるとかそういった類の話ではない。

〝その男〟は雨が降る日にだけやってくる。現れても旅館に揚がるかどうかはわからず、神出鬼没の印象から、仲居や女将《おかみ》から気味悪がられていた。なにかトラブルを起こしたわけではないものの、男は牡丹夜凪でしばしば噂の的になっていた。

ほかの夜凪と違い、牡丹夜凪は置屋形式だ。客が店に入ってから仲居が派遣されてくる。来店した客の好みを聞きとって女将が手配をするのだが、その男は決まって「女の子なら誰でもいい」と答える。

男はサングラスにマスク、帽子で顔を隠していて、着ているものは普通だが夏でも決まって長袖に長ズボンだった。一見、不審極まりない風貌で警戒はされるが、顔を隠して遊びにくる客はなにもこの男だけではなかった。お忍びで遊びにやってくる客もすくなからずいた。

怪しいからといって、根拠もなく「顔を見せろ」とは言えない。

牡丹夜凪は旅館なので個室にはベッドと浴室がある。仲居が部屋を訪ねるとその男は必ず先にシャワーを浴びているという。

ばっしゃーん、ばっしゃーん、と烈しい音を立ててかぶり湯をするのが、男の特徴だった。どうしてそんな水量でかぶり湯できるのか不可解だった。どう聞いてもその音はシャワーのそれではなく、風呂桶《おけ》になみなみの湯を頭から被っているとしか思えない。

ばっしゃーん、ばっしゃーん。

シャワーなら、こんな派手な音がするわけがない。

女将の手配で仲居が客の部屋にやってくるまでせいぜい五分。遅くなったとしても十分は待たせない。この店にはバスタブはない。そもそもバスタブを設置している店のほうが稀《まれ》だ。ならば一体なにを浴びているのか。曇りガラス越しでは知ることはできない。

ただ一心不乱に男はばっしゃーん、ばっしゃーん、とひたすら頭からなにかを被っている。仲居はその音を聞きながら、男が出てくるのを待つしかない。不安に胸を押しつぶされそうになりながら、仲居はただ待つ。

やがて音が止み浴室から出てきた男は、あれだけ烈しくかぶり湯をしていたはずなのに体は湿ってすらおらず、水滴ひとつ見当たらない。

信じがたい話ではあるが、男と過ごした仲居たちは異口同音に同じ話をした。

仲居が服を脱ぎ裸になっても男は近づくのを拒否しベッドの上に座らせる。そしてなにも言わず、立ったままその様をじっと見つめている。仲居が話しかけても一切答えず触ってくるわけでもない。

そのまま十分ほどじーっと仲居を見つめ、唐突に「私はＵＦＯに乗って地球にやってきた宇宙人だ」と言い出す。そのあと、堰《せき》を切ったようにどこの星からどのようにしてやってきたのかを早口で喋るのだ。そこの部分はいい加減で、毎回違うし、相手をした仲居によっても内容が食い違っているらしい。

そして男は必ずショートで入る。ショートは十五分でシャワーの時間は含まれない。つまり十分間をただ女の裸を見つめるだけに費やし、残りの五分で一方的に身の上話をする。その話も支離滅裂で、どう考えても作り話だ、と突っ込みたくなる内容だそうだ。そうして時間がやってくると再び浴室でばっしゃーん、ばっしゃーん、とかぶり湯をして、乾いた体で上がったかと思うと着替えを済ませて挨拶もせずさっさと帰ってしまう。たったそれだけだが、人ではないものと同室していたようなざらついた気持ちが残ったという。

仲居からこの話を直接聞いたＪという客は、こんな話もしたという。

「気持ち悪い客やけど、実害はないんで今のところ組合や旅館単位での対策はしてないねん。うちらからしても怖いし気持ち悪いから、どないかしてほしいって言うてるんやけど顔隠して来てるぶん、難しいやろ。それじゃあ顔見てから拒否ってことになると、それすんのはうちら仲居やんか。結局、我慢するしかないって感じでみんな呑み込んでる」

「でも楽やん。十五分間じっとしてるだけなんやろ」

Ｊがそのように訊ねると仲居は「そうやねんけど……」と顔を歪めた。そして言いにくそうに彼女らが本当に厭がっている真相を語った。

「その客……頭からつま先まで毛ぇなくてつるつるやねんけど……全身入れ墨だらけやねん。普通の入れ墨やったら別に驚かへんし、仲居の女の子の中にもそんくらいおるしな。でもその人の入れ墨の絵が異常やねん。みんな違う女の顔の入れ墨が手にも足にも胴にも……それどころか頭も顔も、あそこにまで入ってる。びっしり、って感じやないんやけど、あの客と当たった子らの話聞くと、夜凪に来るたびに増えてってるらしいねん。中でも胸に彫った女の子が一番大きいて、それが本命やっていうのがわかるねんて。なんか顔に傷入ってる女の子で見たことない子や言うてた。それも気持ち悪いやろ？　ほんでな、ある仲居の子が気づいたんやけど――」

男の全身に入っている女の顔は牡丹夜凪で働く仲居たちのものもあったらしい。

おそらく自分が遊んだ女の顔を彫っているのではないか、とその仲居は言った。

「そんなん、怖いに決まってるやん」

きくの章

菊夜凪……大阪と京都を繋《つな》ぐ私鉄沿いにある夜凪。大阪五大夜凪の中ではもっとも規模が小さく、営業している店も八軒のみとあってディープさでは随一。菊夜凪は料亭形式だが櫻夜凪同様、ひとつの店に複数人のホステスが待機している。営業時間は他と同じ零時までだが、閉店後は夜な夜な立ちんぼが現れて、通りかかる男性に声をかける。壊滅するのは時間の問題と長年噂されていたが、近年所属するホステスの若返りと増加が見られる。料金は三十分一万四千円からで、店によっては交渉にも応じるらしい。他の夜凪と比べ、極端に情報がすくなく、その成り立ちや歴史については不明なところが多い。

小説家の明暗

名古屋でのある夜、年に数回催される交流会に参加した。この交流会には書店員や編集者、小説家はもちろんのことイラストレーターや漫画家など本の関係者が集まる。

参加者は五十名ほどにもなり、二時間ほどの宴会だ。二次会は三々五々いくつかのグループに分かれて出ていくのが恒例だ。私も親しい仲間だけで小さな居酒屋の座敷に入った。

「面白いけど、それを単行本にするってキビしくない？」

奴賀《ぬか》雫《しずく》がそう言って手羽先を豪快に食い千切った。

奴賀は年齢こそ私より一回り近く下だが作家としては一年先輩だ。この世界ではデビュー順などあまり気にされないが同時期のデビューだと自然と親しくなることは比較的多い。彼女は青春スポーツ小説を得意としていて、刊行点数は十冊以上。新人の中でもかなり多作なほうであるし、小説講座の講師や講演会など執筆以外にも手広く活躍している。業界人との付き合いが多いことから事情通でもあり大のゴシップ好き、私にとっては重要な情報源でもある。

「でもこれまでの最東さんと作風が違うから、新規の読者を獲得できるかもしれないよ」

おっとりとした口ぶりでホラ大《たい》（日本ホラー小説大賞）の先輩、守神京《もりがみみやこ》が背中を押してくれた。いつもオシャレで小柄な女性作家である。

「さすがもりりん、やる気にさせる天才やな〜！」

もりりんこと守神が飲んでいる烏龍茶のグラスにジョッキをあわせると、私は中のビールを飲み干した。

「今牟《いまむ》も映画化おめでとう！　いつから公開やったっけ？」

私の隣で眉を寄せながらメニューを睨みつけている男の肩を叩く。今牟晶弘《まさひろ》はデビュー作が売れに売れ、メディア化が立て続けに展開されているまさに今が旬のミステリー作家だ。デビューは私より一年遅くて、本も二冊しか上梓《じょうし》していないが大きく水をあけられてしまった。

「十二月公開ですよ」

「絶対観《み》に行くからな！」

「もりりんのほうももうすぐやんな」

「私のは一月下旬だね」

「うわ〜楽しみだわ〜」

今牟の『屍眼兇館《しがんきょうかん》の殺人』、守神の『recollection store』は共にデビュー作で大きなヒットとなり、映画化が決定した。どちらも撮影はすでに終わっていて、あとは封切を待つだけだ。ずっと、トラブルが起きて撮影が中止になれ、と念じていた。願わくばふたつのうちどちらかだけでもお蔵入りになれ。売れている作家仲間には不幸が訪れろ。仲間の成功に本心からおめでとうと言えるほど、私は善人ではなかった。

自分だけが置いていかれているような猛烈な疎外感。それをごまかすには道化《ピエロ》に徹するしかない。

この仕事は同業者の成功や活躍が厭でも可視化される。テレビや雑誌、ＳＮＳをはじめとするＷＥＢ、ラジオ、道路や駅、ビルのポスター、電光掲示板。知人の著作の宣伝はやたら目につく。たまらない気分になって飛び込んだ店では映像化された知人の作品のコラボメニューがキャンペーンされていたりして、気が休まることがない。それらを一切目にせずに過ごすには、それこそ独房にでも収監されない限り不可能ではないかと思う。そしておそらくそれはこの先、一生付きまとう。他者への羨《うらや》み、妬《ねた》み――破滅を願うことのない穏やかな心持ちを保つ方法はひとつしかない。ヒット作を生むことだ。

――売れるしか方法がないなんて、そんなん、ほとんど不治の病やないか。

祝うつもりもない祝辞を口にし、白々しい賛辞を贈り、心の中では呪詛《じゅそ》を吐く。そんな日々に終わりは来ない気がする。

「それにしてもツイてないねぇ、ちょっとトラブル多すぎない？　最東さん」

手羽先で汚れた手をおしぼりで拭きながら奴賀が同情した。

彼女がツイてないと言っているのは仕事の話だけではない。車の自損事故のことも含んでいた。事故を起こしたのは夏の余韻を残しつつ、まもなく秋が訪れようとしていた頃だ。牡丹夜凪を訪れてから三か月が経っていた。

不幸中の幸いなのは物損事故だったこと。前方不注意による過失で、ガードレールと標識を派手に折り曲げてしまった。人を轢《ひ》くよりずっとマシだったが、すこしの間塞《ふさ》ぎ込んだ。すでに車は修理から戻ってきているが、さすがにすぐには乗る気になれなかった。

「マジでツイてないわ……」

大きな嘆息と共に魂まで吐き出してしまいそうになる。本は売れないわ、事故は起こすわ、そのうえ――。

「なんかそれって、その本の企画やりはじめてからじゃないですか」

今年がメニューを睨んだままで口を挟んだ。思わずドキリ、とする。

「それ、私も思った。呪われた企画みたいな。そう言うと、いいネタな気もするけど」

守神が申し訳なさそうな顔のまま楽しそうな声音で言うと、「そうそう」とうれしそうに奴賀が同調する。

不運も肥やしと考えてしまうのは小説家の悪い性分だ。自分も同じ穴の狢《むじな》なので、もし逆の立場なら同じことを言うだろう。むしろそれはもの書きの心理だ。これをネタに短編でも書かなければやっていられない。

「まあでも映像化の話が来たけどそれっきり音沙汰なし、公開直前でキャストの不祥事でお蔵入り、なんて話はこの界隈じゃよくある話だからね、ふたりとも油断しないほうがいいよ～」

「僕の場合ですけど、映像は映像畑の人たちに一任してますね。下手に原作者があれこれ言うのも鬱陶《うっとう》しがられるだろうし」

「私も同じかな。迷惑になるくらいなら執筆に集中したいし」

「まあね～。脚本に口出ししまくった結果、めちゃくちゃ嫌われた作家の話もちらほら聞くことだし」

どこまでが本音なのだろう。そう思いはしたが、口には出さなかった。

「ぬか喜びするくらいならそんな話いらんわ、ってな」

「あー最東さん、私がいる前でぬか喜びって言った！」

そして私のツイてない話をきっかけに、話題はそれぞれの版元とのトラブル話に及んだ。

「私もさ、単行本の文庫落ちですっげえ揉《も》めたことあるよ」

「私もプロット出したまま四年間も放置されてる企画あるなー。やりとり途絶えてたのに他のが映画化決まったら突然メールしてきたっけ」

「なにそれ、めっちゃひどいやん。それでプロットの話は？」

「まったく触れず。〝映画化おめでとうございます。絶好調ですね！〟だって。頭きちゃう」

「そういえば聞いた話なんですけど、乱歩《らんぽ》賞出身の――」

こうなると止まらない。出るわ出るわの残酷物語。同業者が集まると業界の悪口大会になるのは仕方がない。外で言えない分、こういう話は大いに盛り上がるのだ。

作家は孤独な仕事だ。一旦《いったん》、原稿用紙に向き合えば脱稿するまでずっとひとり。あらゆる誘惑を振り払い、打鍵音《だけんおん》だけが原稿を進める。

だからこそ小説家にはコミュニティが必要なのだ。誰も何も教えてくれない修羅の世界で、情報共有できる相手は必要不可欠だ。編集サイド的には、作家の横のつながりを警戒する向きもあるようだが、精神衛生上必要なのだからやめられない。

「でも最東さん、文庫でもそれだけたくさん本が出せるってことはちゃんと期待されてるってことだよ。新人賞でデビューしても二作目が出せずに沈んでいく作家なんて腐るほどいるよ！」

「そうそう。出版社も慈善事業じゃないんだから、売れる見込みのない作家に仕事の依頼はしないよ。元気出して」

上っ面だけだと見え透いていたとしても、その言葉が必要なことがある。正直、今は非常に助かっている。

「ありがとう。当然、今年もそう思ってくれてるやんな」

「僕はちょっとわからないです」

しっかりオチをつける今年の脇腹を手刀《しゅとう》で突いた。「ヴォウッ」と変な声を上げ、体をくの字に折り曲げる。

「けど最東さんのその本の担当って、光文社の佐々木さんでしょ？　名物編集者じゃん」

「あ〜私も聞いたことあるな。Sさんとかnさんとかの担当だよね」

「えっ、本当ですか最東さん。そんな人が担当についてるんですか」

今牟が脇腹を擦りながら聞いた。名物編集者と聞いて興味を示したのか、現金なやつだ。彼らの話からどうやら佐々木は業界の有名人らしいことがわかった。

「あの人が担当した本、ヒット作多いもんね。その本、案外バズったりするかもよ〜」

「マジで？　期待してええんかな」

「いやあ、マジでマジで。だってあの人、副編集長とかでしょ。実力も折り紙付きじゃん」

「私もパーティーで何度か話したことあるけど、丁寧な喋り方の人だよね。誠実そうな感じの」

守神の語る佐々木の印象に噴き出しそうになった。私がよく知る佐々木とはイメージがまるで違う。女性の前でいい恰好をしているのか、よく知らない相手には礼儀正しいのか、どちらにせよおかしい。

「仕事ができそうな人、といえばいい言い方だけど、融通利かなそうな堅物な感じもあるもんね」

奴賀も会ったことがあるようでその印象を口にする。やはり女性、いや、この場合、私と接する時だけが特別なのだと思うことにした。

特に夜凪での佐々木の様子については、言わないでおいてやろう。

「どうしたの最東さん、面白い顔して」

「なんでもない。そうやな、佐々木さんってええ人やし」

ん、いま面白い顔って言わなかったか。突っ込みを入れようかと考えた時、横から「よし」と今牟の声が遮った。

「すみません、枝豆ください」

「そんだけ悩んで枝豆って!」

「えっ、なんか変ですかね」

「変じゃないけど、もっとこう……あるやろ!」

「なに言ってるかわからないですね」

妬み嫉《そね》みを胸に秘めてはいても仲間同士なのは確かで、お互い切磋琢磨《せっさたくま》しているつもりだ。だがそこに果たして友情は介在しているだろうか。例えばこの三人を出し抜いて自分だけが爆発的に売れたりすれば、この関係性は瓦解しないか、それとも本当に讃《たた》えてくれるのか。そんなものわかったものではない。

どれだけ天賦の才を持ち、ベストセラーを連発する作家であっても、このビールジョッキの底を脳天に叩きつければ簡単に頭が割れて死ぬ。死ななくても大怪我は免れない。死ななければ死ぬまで何度も叩きつけてやる。何度も、何度も。

そうしてようやく死んだとわかった時、〝天才も殺せば死ぬ〟ことが証明される。天才が死ねば、天才が減る。天才がいなくなれば、自分のような凡人作家も——。

隣で枝豆を剝く今牟を見ながら、この場でこいつを殺せばこれ以上売れやしないよな、と思った。

「あ、気づかずすみません。最東さんも枝豆どうぞ」

「えっ?　ああ、ありがとう」

枝豆の小鉢を受け取って我に返った。

感謝と呪い。

真逆の感情に振り回される。この先、感情が安定する時が来るのだろうか。

なにをバカげたことを……と自戒しながら枝豆を口に放り込んだ。自分で思っているより疲れているのかもしれない。

「きっといいことあるよ最東さん」

守神の励ましに笑顔で応じる。

「私は青春小説……特にスポーツもの書くことが多いからさ、ホラーはわかんないんだけど。むしろ怖いの苦手でこれまで生きてきたくらいだし。だからってわけじゃないんだけどさー、やっぱそういうの気になっちゃうんだよね。……最東さん、これ以上不運が続きそうならマジでちょっと考えたほうがいいんじゃない?」

「おおう、意外とそういうの信じる派なんや」

「いや、そういうわけじゃないんだけど。だって関係ない怪談もいっぱい集まってるんでしょ?」

奴賀が心配しているのは最東に降りかかる不運のことだけではないらしい。予想を上回って寄せられる怪談についてもだ。

「いや、でもそれは関係ないんちゃうかな……」

言ってはみたものの、私自身も気味が悪いと思っていた。ある程度、怪談が蒐集できれば儲《もう》けものくらいに考えていたのだが、佐々木のSNSを中心に異常なほど怪談が集まってきている。

しかし、怪談を蒐集しているといっても、私は怪談作家ではなくホラー小説を主とする作家である。門外漢からすればどう違うのか見当もつかないかもしれないが、このふたつには明確な住み分けがあるのだ。醬油《しょうゆ》とポン酢くらい違う。見た目は似ていても中身は別物なのだ。すこしくどくなったが、要はホラー作家が怪談を募っているからといって、こんな量は集まらないということだ。

四百字詰め原稿用紙で二~五枚くらいの分量の怪談がだいたい四十から五十編。知り合いの怪談作家にも聞いてみたが、やはりその数は異常だと言っていた。怪談好きや、怪談を持っている人は、普段から怪談を扱い慣れている怪談師並びに怪談作家に提供するのが自然なのである。

水準としてはクリアしていても、様々な理由で使えないものもある。特定の宗教団体が関係していたり、差別的なニュアンスを含んでいたり、面白いがひどく歪な構造の話であったり、撥《は》ねた理由は様々だ。そういった弾《はじ》かれた時のための予備に十編ほど——つまり、六十を超えるだけの数が私の元に寄せられているということだ。

うれしいといえばうれしいが——いや、本音を吐露すれば、私は気味が悪い。

全体の数からすれば夜凪にまつわる話はごくわずかだ。そんなごくわずかな話に、梅丸を思わせる女が毎度登場する。探している時にはまるで尻尾も摑めなかったのに、別のルートからこうして集まってくる。しかし、私を気味悪くさせているのは、ただ単に梅丸が登場しているということではなく、それが梅丸だとはっきり示されている話はひとつもないことである。どれも〝梅丸らしき女〟であり、解釈のしようによってはまったくの別人ともとれる。その曖昧な輪郭が、据わりを悪くしているのだ。

とにかく、来る話来る話すべてに目を通すのはまとまった時間が必要なので、一旦読むのをやめている。

「そういえばらんぷさん、大丈夫なんですか」

その名前を耳にして、反射的にしかめっ面になる。すぐに気づき、慌てて表情を繕う。

「本人はまあ……なんでもないって言うてたけど、どうなんやろうな。平気や言うてる相手にあんま突っ込むんも……」

言いづらい様子を察したのか、気まずい空気が漂った。

「そうや、なんか揚げ物食いたいわ。なんか注文せえへん?」

その空気を払うため、やや強引に話題を逸らす。すかさず意図を汲んだ守神が「私、デザート食べたい」と手を挙げた。

菊夜凪

その出来事は、名古屋での交流会より一か月前である七月半ばのことだ。

当時の私は、菊夜凪の章の原稿〆切が迫っていた。にもかかわらず、まだ取材にも行っていないという体たらくだ。毎章、二か月という期限をもらっているのだが、停滞気味なのもまた気に病む。だがこう不運が続くと次もなにかあるんじゃ、と警戒してしまい、取材に行く気力がなかなか湧かない。

菊夜凪を次の夜凪に選んだのは、夜凪の中でもっとも自宅に近いからだ。ひとまず一番楽そうなところから攻めることで、取材再開の意欲につなげようと思った。

なにしろ車で十五分、電車ならもっと早く着くという好立地。しかも、今回は心強い同行者もいるのだ。

某日。某駅改札。

「なんすかこの駅、はじめて降りたんすけど」

語尾に〈w〉が付きそうな軽薄な口ぶりで後輩作家の灰色《はいいろ》らんぷが挨拶もそこそこに街並みを揶《や》

揄《ゆ》した。時刻は二十時を過ぎ、すっかり夜。快速が止まらない駅ということもあり、周辺にはなにもない。ほそぼそと営業しているうどん屋と半分シャッターが下りた喫茶店だけが弱々しく光を放っている。

「っていうか快速止まんないんですね。えらいスピードで通り過ぎちゃいましたよ」

らんぷは明るい茶髪を輝かせ、待ち合わせに二十五分遅れた言い訳をそのように述べた。

「アホやん。各駅で戻ってきたんや」

「アホですけど、アホに直接アホ言うんNGやって知ってます？」

らんぷは数すくないデビュー前から付き合いのある後輩作家だ。知り合ったきっかけはWEB小説投稿サイトで執筆していたアマチュア時代にまで遡る。同業者とはいえ、らんぷはライトノベル作家なので、主戦場は異なる。土俵《ジャンル》違いがちょうどいい距離感を保ってくれていた。

「最東さん、こんな時しか呼んでくれないんすね」

らんぷが皮肉った。確かに会うのは久しぶりだ。それでも急な呼びだしに応じてくれるあたり、フットワークの軽さが魅力的な男だ。

「もっとたくさん遊んでくださいよ〜。暇してんすから」

「なんでやねん、原稿書くのに忙しいんやろ」

「原稿？　なに言ってんすか、小説家は廃業ですよ」

「なんやそれ、どこまで本気やねん」

「本気も本気、向いてないんすよ。最東さんみたいなええマンションに住めるほど売れてないんで」

「せやで。お前も俺くらい売れたら御殿山駅から徒歩二十分、バストイレ一緒のユニットバス、エレベーターなしの四階、手動ロック、ポストにデリヘルと融資のチラシしか届かん、今の季節の夜はちょうど虫さんたちがようさん遊びに来るし、裏は北向きでじめついた竹藪《たけやぶ》のせいで洗濯物乾かん、共益費込み四万の１ＤＫに住めるわ」

だはは、と心からおかしそうにらんぷは笑った。寂れた街にらんぷの笑い声が反響する。どこまで本気で廃業と言っているのかわからないが、キリがないのでこれ以上は触れないでおく。

「そういえば取材って言うてましたけどなんの取材ですか？　なんか面白いものがあるようには思えん場所ですけど」

夏祭りでもあるんすかねえ、と眉を上げメガネの位置を直す。スーパー玉手の夜空に咲く電飾の花火とお馴染みの黄色い看板を見上げてらんぷは言った。

十ほど年下のらんぷは無地のシンプルな服装を好み、この日もグレーの開襟シャツにジーンズ姿だった。やや軽薄そうなＩＴ系、という印象だ。

菊夜凪は牡丹夜凪と同じく線路沿いにある。だが牡丹夜凪よりもずっと規模が小さい。場所を知っていても、注意しておかねばうっかり通り過ぎてしまうほど、入口も地味でわかりづらい。牡丹夜凪のように入口に誘導員が立っているわけではないので、一度見失うとたどり着くのにひと苦労する。そのため菊夜凪が近くなると自然と口数がすくなくなった。

通りにぽつんと目立つデザイナーズマンションの前の角を右に曲がり、すこし歩いてさらにもう一度右に曲がる。線路側からは普通の戸建て住宅が並んでいるようにしか見えないが、そのすぐ裏側に隠れるようにして菊夜凪はあった。

「えっ……なんすかここ？」

住宅街に突然現れるカラフルな手作り感満載の電飾――クリスマスシーズンに一軒家でよく見る

あれだ。目線をすこし上げれば独特な四角い屋号の看板がある。そして開放した玄関先から漏れる艶めかしい暖色の光。確かに小規模だが、れっきとした夜凪の佇まいだ。

「ここは菊夜凪っちゅうんや」

「夜凪……って、エロいところですよね」

大正解。エロいところだ。

「ちょっと待ってくださいよ、そういう遊びしに来たんですか？」

「早まんな。取材やっちゅうたやろ」

「いやいや、取材なんて嘘でしょ？　騙して連れてくるとかゲスだわー、ほんまに」

文句を言っていても顔は笑っている。本当はまんざらでもないのだろう。

「ほんまやし。ひとりで回るとな、遣りて婆にすぐマークされんねん。菊夜凪は見ての通り小さい夜凪やから特にな。だから二周くらい回るだけや」

ほんとですかぁ？　とにやにやしながららんぷは妖しく光る通りに目をしばたたかせた。

「お兄ちゃんお兄ちゃん、ええ子おるで」

「見てってえな、ほらこんなかわいい子」

「中入って見て！　人気の子おるで、はよ揚がらんととられてまうよ」

ここらへんはどこの夜凪でも一緒だ。規模の大小はあっても、やはり遣りて婆が手招きし、客を引く光景は変わらない。

どこからかかすかに蚊取り線香の香りがした。

ふと、ここはあの香りがしないのだな、と思った。椿と櫻ではあのなんとも言えない複雑な、いい匂いがした。菊夜凪では蚊取り線香なのか、と思うとなんだかおかしい。

友人に紹介してもらった夜凪通の男から話を聞いたことがある。菊夜凪と言えば一時期の廃れ方が烈しく、比較的年増のホステスしかいなかったらしい。が、ここ数年はそんな話ばかりではない。大阪夜凪の中では知る人ぞ知るホットなスポットなのだ、と。

ただし店数は八軒しかなく、突き当たりまで行って角を曲がるとあっという間に終わる。

一周ですべての店の遣りて婆に顔を覚えられるので、ひやかしなら二周までにしておかないと無視されるか暴言を投げつけられると、受け売りを我が物顔でらんぷに話した。

「じゃあ次で決めないと」

「なんや遊ぶつもりなんか？」

「マジで言うてるんすか？　こんなとこまで呼んどいてパパッと二周したら終わりとか」

「そらそうやろ」

らんぷはええっ！　と叫んだ。

「いや最東さん、考え直したほうがええですって！　あの子なんてほら、超かわいいじゃないすか、見てくださいよ」

「なんか立場入れ替わってへん？」

なぜか必死に説得してくるらんぷが指さした先、一軒の張店から覗く三人のホステス。らんぷが超かわいいと言っているのはどれか、と見直すまでもなかった。ひとりだけ頭抜《ずぬ》けて垢抜《あか》けた美人がいる。口元を半分手で隠しているそのホステスは、やや目つきはきついがビー玉のようにまん丸く大きな瞳が悪魔的な魅力に満ちていた。なるほど、菊夜凪の廃れぶりがむしろ彼女を美しく演出しているようにも思える。らんぷがイチオシするだけのことはあると思った。

「行きましょうよ！　最東さん行かへんのやったら俺ひとりで行きますよ」

「ええで、行っといでえさ。待っとくし」

半分方便、半分本気だ。連れてきさえすればらんぷは興味を持つはずだと思った。そうならなかったとしても別段問題はない。要は体のいい生贄《いけにえ》――もとい、取材法だ。

本来ならその役回りは佐々木のはずだが、当の本人とはこのところ少々疎遠だった。避けられているとかそういうわけではなく、単純に多忙だからだろう。『花怪談』以外にも山ほど作家の原稿を抱えていると言っていた。秋までには諸々《もろもろ》落ち着くはずなのでお待ちを、ということだった。

料亭【あおかめ】にて

「あとでどっかで一杯奢るで」

振り返って「あれっ」と素《す》っ頓狂《とんきょう》な声が出た。たった今までそこにいたらんぷの姿がない。

「らんぷ?」

たった今まで会話していたはずなのに……。慌てて周囲を見回す。だがらんぷはいない。菊夜凪を歩いていた客は私とらんぷだけだった。だからこんなにも忽然《こつぜん》と見失うわけがない。

座敷に揚がったのか?

そんなバカな、と思った。佐々木の時もそうだったが、一緒にいた人間に黙ってさっさと揚がってしまうものなのか? いくら興奮していたからと言って、普通はひとこと断るものではないか。

それにらんぷがそんなことをするとは到底思えなかった。あいつの性格はよく知っているつもりだ。もしかして悪ふざけで隠れているのか？　そう思い、来た道を戻って彼の姿を捜した。

「らんぷ、らんぷ！」

呼びかけるが返事はなかった。もしかしてこんなところに連れてきてしまったから怒って帰ってしまったのか？　パニックになりかけながら線路沿いの通りを見渡す。いない。

見失うわけはなかった。

もう一度らんぷを捜して夜凪に戻る。店々から遣りて婆やホステスたちの不審者を見る視線を浴びながららんぷを捜した。気味悪がられているのか、客引きの声もかからなくなった。

「あ……あの、連れが急にいなくなったんですが見てませんか」

話しかける気はなかったが、こうなってはそうも言っていられない。一瞬だけ目が合った料亭【あおかめ】の遣りて婆に話しかける。意表を突かれたのか、遣りて婆は目を丸くしてのけ反った。

「連れぇ？　ああ、もしかしてさっき揚がった兄ちゃんかいな」

「えっ、揚がった？」

耳を疑った。

「せやで、今、上で遊んではるわ。なんや一緒に来たのにそっちの兄ちゃんは遊ばへんのかいな」

「え、ええ……僕は付き添いなんで」

遣りて婆は、「ほんならここで待っといてかまへんで」とパイプ椅子を出した。不審者ではないとわかってくれたようだ。

「いいんですか？」

「ええよ。今日暇やし、他のお客さん来はったらのいてもらわなあかんけど」

その厚意をありがたく受け、パイプ椅子に腰かけた。なにはともあれらんぷが無事とわかって安心した。

「三十分で揚がらはったから言うてる間やわ」

「すみません、本当なら僕も遊べばいいんでしょうけど」

「ええねんええねん。その代わり次来る時はうちで遊んでってえな。今日はちょうど女の子もおらんし、そないしたらええわ」

〝女の子もおらん〟とは〝いない〟という意味ではなく、すくないという意味だ。

「ありがとうございます」

小さなスチール缶のお茶を出してくれたのでありがたくいただいた。キンキンに冷えたお茶が体に染み渡り、さきほどまでの焦りがじんわり溶けていく。しかもこの状況は実に都合がいい。

「兄ちゃんはどこから来はったん?」

その質問に住む場所を伝えると「へえ、近いやん」、遣りて婆は顔中の皺《しわ》を中央に寄せて笑った。

チャンスだ、と思った。遣りて婆が気を許したのを見計らい、世間話もほどほどに本題を切り出した。

「〝梅丸〟というホステスについてなにか知りませんか」

「うちにはそんな女の子おらんで。他の店におるか知らんけど」

やはり現役のホステスではないのだろうか。

「じゃあ、菊夜凪にまつわる怪談とかどうです?」

「怪談? ないないそんなん。私、怖い話嫌いやしな、聞くんも厭や」

「そうですか……。じゃあ、なんか変な話とかそういうのでもいいんですけど」

「変な話なぁ……。うーん、なんやろ。なんかあったかいな」

女はしばし考え込み、そうやなぁ、とつぶやいた。そしてそのままた黙り込む。

「【丹獅子《たんじし》】の峰子《みねこ》さんがなんか言うとったなぁ」

「峰子さんとは？」

「何年か前に閉めはった【丹獅子】いう料亭の女将さんやねんけどね、その人が昔変なこと言うてはったなぁって」

「それってどういう話やったんです？」

「うーん、かいつまんで聞いただけやしなぁ。ちゃんと覚えてへんねんけど、峰子さんの旦那さんが首吊って亡くならはったんよ。やけど死ぬ前に宗教にハマってたらしくって峰子さんも困っとったんやて。そんでね、その宗教っちゅうのが――」

確かに女が話してくれたのはうろ覚えで未整理な話だった。だがそれでもその内容は気味が悪く、怪談的な魅力に溢れていた。

「それで……その峰子さんという方は？」

「元気やで。今どうしてるって言うてはったかな」

「あの、よければ紹介してもらえませんか」

女は驚いて目を剝いた。驚いた女の顔を見て自分が何者か話していなかったことに気づき、慌てて名刺を差し出す。目を細めて名刺を数秒見つめたあと、その目のままこちらに向いた。

「作家さんかいな。付き添いだけやんてけったいな兄ちゃんやなぁ、って思うてたけど。なるほどそういうことな」

「すみません、ご挨拶が遅れて。撮影したりとか、夜凪の内幕を暴こうとか、そういうのじゃないんです」

「ふうん」

女はしばらく懐疑的にこちらを見つめていたが、信じてくれたのか、後日峰子さんと連絡を取ってもらえることになった。感謝し、次は必ず遊びに来ると口約束をした。

「ああ、お連れさん下りてきはったで」

階段からホステスと手をつないで下りてくる影に振り返った。勝手に揚がりやがって、と文句を言うつもりだった。

「あっ……」

「どうしはったん？　……あれ、もしかしてお連れさんやなかった？」

私は思わずギョッとした。

下りてきたのは真夏にコートの知らない男。インバネスコートにカンカン帽だった。目の前を横切り、ホステスの嬌声に見送られている。どことなくらんぷと重なる後ろ姿を呆然《ぼうぜん》と見つめた。

「あんなん目立つやろ…！」

漏れでた心の声には反応せず、遣りて婆はあたふたと言う。

「えらいごめんやで！　てっきりあの人かと思うて」

「……いや、ええんです。お母さんとお話しできたのは僕にとってラッキーやったんで」

「ほんま？　すっかりお連れさんやと思い込んでしもて……。ごめんねぇ」

心から申し訳なさそうにしている遣りて婆を気にするなと宥《なだ》め、らんぷのことは大丈夫だと言っておいた。その代わり峰子さんの件はお願いしておく。

「うん、それは任せて！　名刺に書いてるところに連絡すればええんやね」

「はい。無理言いますけどよろしくお願いします」

丁重にそう言って辞去した。

らんぷとはぐれて三十分以上が経っていた。改めていなくなったことを確信し、自分の顔が青ざめているのがわかる。ひょっとしたら今頃帰宅しているかも、と希望を持ちながら連絡を試みたが一切返信はない。電話もコール音すら鳴らず留守電サービスに接続するだけだった。万が一、この周辺で迷っていることも考え、近くのアーケード商店街にあるカフェでしばらく待ったが、とうとうこの日らんぷと会うことはできなかった。


後日、遣りて婆の女から連絡があり、峰子さんと会って話を聞ける運びとなった。

話自体は満足のいく、興奮するような内容だったが、その帰りに車で物損事故を起こした。徐々に不運のスケールが大きくなっていっているような気がしている。夜凪はまだひとつある。あと一回、ろくでもないことが身に降りかかると思うと気が滅入った。もはやなにごともなく夜凪を取材することはできないのではないか、と不安になった。

灰色らんぷについて追記
後日、共通の知り合いから、らんぷが線路から落ちて怪我をしたと連絡があった。
彼は現在、入院しているらしいが、病院もわからず見舞いにも行けなかった。
らんぷが私との連絡を絶っている理由は、諸々状況が落ち着いてから聞くことにする。

怪談

死んだ元夫

菊夜凪で料亭を営んでいたM子《こ》さんの話である。

Tという料亭があったのは実に二十年も前のこと。当時、菊夜凪でM子さんとT雄《お》さん夫婦はかれこれ三十年ほど料亭Tを営んでいた。

「あの頃はものごっつう客がおらんでねえ、菊夜凪自体がもう風前の灯火や。いつ壊滅してもおかしないさかい、他の料亭の女将らとここもどないなるやろうって話してたもんや」

平成二年に開催された花博《はなはく》（国際花と緑の博覧会）の影響もあったとM子さんは述懐した。いわゆる〝浄化運動〟の余波に晒されたのだ。

菊夜凪からそう離れていない場所での開催だったこともあり、周辺の風俗施設は特に厳しく取り締まられたという。

「今はもう十軒もやってないんちゃう？　花博までは十軒以上営業しとった。週末の夜ともなるとお客もよおけ来てねえ、ほんま懐かしいわ」

当時から夜凪は椿がもっとも有名で櫻は通が知る夜凪、あとのみっつは知る人ぞ知る夜凪で、その頃から一番マイナーなのが菊夜凪だった。今以上に知っている人間はすくなかったのかもしれない。

それでも全盛期は大いに盛り上がり、経済的な不安などありはしなかった。

「一軒の料亭が警察に摘発されてもうて。それがあってから客が怖がって来やんくなった。そっから他の料亭《とこ》が閉めるん早かったなあ……。うちの店も他人事やなかったわ」

そんな逆風の中でも料亭Tは十年間耐えた。気づけばもともと夜凪の中では小規模だった菊夜凪はさらに寂しくなり、在籍するホステスも古参の年増ばかり。どこの料亭も開店休業状態になった。

誰もが菊夜凪の寿命が尽きるのも近いと覚悟していただろう。

しかし、M子さん夫婦が経営する料亭Tが店を閉めたのはそれとは別の理由だった。


先述の通り、菊夜凪は一軒の店の摘発で客足を大きく遠のかせた。それからは不安定な営業が続き、料亭Tもまた苦しい経営を強いられていた。

特にM子さんのご主人であるT雄さんはもともと精神的に弱く、日頃の心労が祟り体調を崩してしまった。

夜凪は旅館形式の場所を除き、原則として店に出るのは女性のみだ。T雄さんはオーナーだが、店先に立つことはない。ほとんどの営業日を店の奥で過ごしていた。

ホステスの女の子たちに差し入れをしたり、プライベートの相談に乗ったり、食事に連れていったり、時には旅行の手配など……とにかく女の子たちのモチベーションを上げることに努め、それによって質を高めようとしたようだ。T雄さんなりに悪化する経営をどうにか立て直そうとしたのだ。

「そないしてどんどん自分を追い詰めていったんやろうねえ。体壊してからはなかなか店に戻られへんのんが続いてねえ」

M子さんは当時を思い出しながら伏し目がちに語った。

そんな状態が数か月も続いた。

「うちらの仕事は夜がメインやけど、床に臥せって留守番しとる旦那は一日中布団から出ん。それがもう慣れっこになってしもうた時にな、急に店に顔出してきてん」

体調を崩して家に閉じこもるようになってからT雄さんは目に見えてやせ細り、顔にも生気がなくなり、まさに病人の形相だった。長年連れ添ったM子さんでさえ痛々しくて直視できないほどT雄さんは弱っていたはずだった。

M子さん曰く、「人相まで変わって別人のような顔になってしまった」という。

「目ぇなんて寝すぎてまぶたの形変わってしもうてな、こぉ〜んな垂れ目や」

目尻を指で下げ、痛ましげにM子さんは元夫の変わり果てた人相を再現した。

だがある日、それまでが嘘のようにT雄さんは溌剌《はつらつ》とした、生気に満ち溢れた様子で現れたというのだ。

「もううち、その姿見て驚いてもうてなあ！　今でもはっきり思い出せるわ……。夕方になってうちが家出る時はあんなに青白い顔して寝込んどったのに、晩になったら全部嘘やったんちゃうか、って思うほど元気に店に来てん」

しかし、快復しても変わってしまった人相はそのままだった。

今まで以上に快活に、T雄さんは元気だった頃の日課だったホステスたちへの気配りをはじめた。

一体どうなっているのだ。仮に体調がよくなったのだとしても、あの肌艶や快活ぶりの説明はつかない。

「薬やと思いました。あの人は床に臥せっとる自分に我慢できんようになって……それで危ない薬に手を出したんや。そうとしか考えられへんわ」

店にやってきたT雄さんはとにかく終始上機嫌だった。どれだけ閑古鳥が鳴いていようと構わず、マイペースだった。一方でM子さんは極端な変貌ぶりに不安しか感じられなかった。

病院に行かせようとしたが、T雄さんは「なにを言うとんねん。わしのどこを見て医者行け言うとんじゃ」と耳を貸さない。もはや別人とさえ思えるようになってきていた。

M子さんはそれから、T雄さんが店にいる時はできるだけ顔を合わせないよう努めたという。

「元気なだけやったらね、ええんですよ。でもあれはそういうのんとはちょっとちゃうかった。なんちゅうか、あの人の中に違う生き物が入ってるみたいで気味悪かったんよ」

当然、T雄さんとM子さんは夫婦なので同じ家で暮らしている。厭でも家の中では顔を合わせることになるが、M子さんはその頃、それが厭で厭で仕方なかった。

だが幸い顔を合わせることは滅多になかった。なぜならT雄さんは家の中では自分の部屋に閉じこもって一日中出てこなくなったからだ。

「普通やったらね、変やと思うて声くらいかけるんやけど……なんかそういう気も起こらんくってねえ。ごはんもお腹《なか》減りやったらなんか言うてくるやろ思うて、ほったらかしにしとったんよ」

しかし、T雄さんは食事も摂《と》らず、トイレも行かず、部屋から出ない。寝ているのかさえも定かでなかった。

体調を崩す前、T雄さんはこんな風ではなかった。

M子さんが声をかけなくとも食事時には居間にいたし、糖尿の気《け》があったのでしょっちゅうトイレに行っていた。むしろ自分の部屋にいる時間のほうが短かった。

だからこそ別人のようで気味が悪く、次第にかかわらないようになっていった。

「夫婦やのに冷たい、て思うてはるでしょう？　冷たいんちゃうねん、怖かってん。あんだけ人が変わってしもうたら、声かけただけで襲い掛かられんちゃうかってなってね。幸い、ほったらかしとったらそのまま部屋から出てこんし……。それでもいつか以前の旦那に戻るんちゃうかってその時は思うとった」

しかし、そうはならなかった。

ある時、M子さんは珍しくT雄さんから夕食に誘われたという。

行ったのは二十四時間営業のファミリーレストランだった。うどんや焼き鳥が大好きだったT雄さんにしては珍しいことだ。面食らいながら案内された席に着くと、水を持ってきたウェイトレスにT雄さんはさらに水をふたつ要求した。

「ふたりで行ってんのに水四つやで？　頭おかしなったんちゃうかな、って心配なったわ」

T雄さんはそれから料理を四人前頼み、まるで自分とM子さんの隣に誰かがいるかのように料理を空席に置いた。そうしていただきますも言わずにガツガツと食べはじめた。

M子さんが呆気《あっけ》に取られて、余分に注文したこの料理はなにかと訊ねると「神様のぶんやんけ」と答えた。M子さんはさらに困惑したという。T雄さんは神様について次のように語った。

「母子の神さんでなあ、美人さんの観音さんや。赤ちゃん抱いて、猫みたいな人懐っこい目ぇしとんねん。わしは残りの人生、この神さんに捧げよう誓《ちこ》うたんや」

M子さんは意味がわからなかったが、掘り下げはしなかった。聞いてもこの先もどうせ意味不明だと悟ったからだった。

結局、余分に注文したぶんには最後まで手を付けず店を出た。

その頃から奇妙なはがきがM子さんの家に届くようになる。

「それが喪中はがきやねんよ。差出人見たらどこの誰か全然わからへん、見ず知らずの他人や。間《ま》違《ちご》うて送ってよこしたんかな、思うて検《あらた》めるんやけど間違いなくうち宛てやねん。最初のうちはたま～に一枚来る程度やったんが、だんだんしょっちゅう送られてくるようになって……最後のほうは週に四枚は来とったで。しかも、よう見たら全部送り主が同じやねん」

その間もＴ雄さんは時折Ｍ子さんを誘っては四人前の料理を頼むということを繰り返した。夜凪での上機嫌な振る舞いも次第にエスカレートし、いよいよＭ子さんは耐えられなくなってゆく。

「もうあかん思うてな、三行半《みくだりはん》叩きつけたろって肚決めてん。そんで旦那が部屋に閉じこもっとる時、思い切ってダーン、て部屋開けたったんや。そしたら……」

Ｔ雄さんの部屋には大きな仏壇があり、彼は一心不乱に拝んでいるところだった。

「しかも仏壇な、見たことない母子観音の像が祀《まつ》ってあったんやで。多分前にファミレスで言うてたやつやな、ってピンときたわ。でもそんなん仏壇言わんわ、って思わへん？　普通、仏壇には位牌やろあんなん」

もともと、家には仏間も仏壇もなかった。二人は無宗教で、そういう共通点も若い頃に惹《ひ》かれ合った理由のひとつだった。だからこそＴ雄さんがＭ子さんに黙ってこんなにも巨大な観音付きの仏壇を買っていたことに驚いた。

だが、一体いつ買ったのか。いつ、この部屋に運んだのか……まったくわからなかった。Ｔ雄さんがひざまずき、ぶつぶつと念仏を唱えひたすら拝んでいる姿が異様としか思えなかった。その頃のＴ雄さんの顔つきはもう別人になったとしか思えないものだったという。

「もうほんまに怖あて怖あて、つっかけだけ履いて出てきたわ。あれはもう手遅れやって直感した。夜道でひとり泣きながら考えた。こうなったら店も畳まんとあかんなって」

それが料亭Tを閉めた理由だとM子さんは語った。

「うちは姉のところにちょっと世話になって、そのままあの人と別れた。えらいあっさり別れられたで。熟年離婚で大変かもせんなぁ、って構えとったんやけど拍子抜けやったわ」

M子さんは昔のことだと言いながら笑ったが、すぐに神妙な面持ちになった。

そして驚くべきことを教えてくれた。

「あの仏壇、どこから買《こ》うたんか知らんねんけどな……どうも普通の仏壇やなかったみたいやねん。まあ、そりゃあの観音さん見たらわかるけどな。あんなん絶対バチ当たる思うわ。なんや聞いたことのない宗派の、たっかいたっかい仏壇らしいねんな。あの人にそんなもん買う金なんかあらへんはずやのに、そのお金どないしたんやろうってずっと疑問やって……。それに、そのようわからん宗派……どこで知ったんやろか。あの仏壇持ち込んだんかて、あの人が体調崩したあとやし、なんもかんもわからんことずくめで気持ち悪いねん」

T雄さんはすでに亡くなっていて、死後もそのことはわからずじまいらしい。

最後にもうひとつ、M子さんが教えてくれたことがある。

「家出ていこうってなった理由のひとつにな、あの喪中はがきがあんねん。送り主がどこの誰ぞかわからんから、調べたろうって思うてな。大阪の人みたいやったから、行けんことないなって。ほんでな、送り主の住所行ってみたら腰抜かしてもうたわ」

喪中はがきの送り主の住所にあったのは、陸軍墓地だった。

T雄さんはその墓地で首を吊って死んだのだという。

あじさいの章

紫陽花夜凪……昭和初期に産声を上げた比較的歴史の浅い夜凪。戦後赤線時代を経て売防法以後は旅館として営業を続けている。ゆえに派遣形式である。菊夜凪に次ぐ小ささではあるが二十軒ほどが現在も営業中。紫陽花夜凪の周辺一帯はコリアンタウンでもあり、至る所に韓国料理店や韓国人向けの商店がある。また、夜凪としては非常に落ち着いた雰囲気を持っており、ゴールデンタイムの夜になってもギラギラとした照明はほぼない。旅館同士が隣接しておらず、ぽつりぽつりと点在している。そのため、街並みに溶け込んでおり、注意深く観察していなければ夜凪に足を踏み入れたことにすら気づけない。夜凪と街の境界線が非常に曖昧なのが特徴的。また、旅館街ではあるが管理団体は花街組合を名乗っていたり、組合の名の提灯が堂々と灯っていたりとちぐはぐなのも興味深い。菊夜凪と同じくショートはなく、三十分一万三千円から。

思わぬ情報

九月の初旬。

久しぶりに佐々木から電話があった。

この頃は二か月ごとの送稿に受領確認の返信メールが来るだけなので、なにごとかと身構える。

『花怪談』に着手してから、すっかりネガティブ思考になってしまっているようだ。

『紫陽花夜凪で働いていたという人物から最東さんとコンタクトを取りたいと申し出がありました。どういたしますか？』

それを聞いて、すこし考え込んでしまった。

確かに夜凪の怪談を募っているが、タイミングがよすぎる。というのも、私のところにも『紫陽花夜凪でホステスを勤めていた』という人物からの怪談の提供があったばかりだからだ。同じタイミングで、怪談の提供が重なるのは、偶然だとしても気味が悪い。

「〝是非話を聞かせてほしい〟とつないでください」

考えても埒が明かないので、ひとまず話を聞いてみることにした。

そこから取材のセッティングは佐々木がやってくれることになった。どうして編集部に申し出があったかについては佐々木もわからないという。

『花怪談』に取り組みだしてから早一年――。

とにもかくにもこれで最後の夜凪である。これまでの不運を思えば、これを僥倖と言わずしてなんと言うだろうか。期待に胸が高鳴り、こんな気持ちとはご無沙汰だったと思い返す。紫陽花夜凪で働いていたという人物の話なら、説得力は申し分ない。

『期待できそうですね……』

佐々木の声音が気になった。普段の軽薄な甲高い声は鳴りを潜め、病人かと思うようなか細く弱々しい声は本当にあの佐々木かと疑いを抱くほどだ。

「佐々木さんまだ具合悪いんですか？」

佐々木はここのところどうも不調らしい。受領確認のメールで触れていたので知ってはいたが、まだそれが続いているのかと心配になった。だが佐々木は力なく笑い、強がった。

『どうも働きすぎのようでしてねぇ。二、三日寝込んでいました。いやはや、お聞き苦しい声で申し訳ない。明日から復帰する予定なのでご心配なく』

声に生気がなかった。そういえばいつ頃から佐々木と会っていないだろうか。もともと体が弱そうな風貌がさらにやつれた姿を想像する。

『ところで最東さん、祝うに、融通の融と書く祝融《しゆくゆう》夜凪というのはご存じですか』

「祝融夜凪？」

聞き覚えのない夜凪を訊ねられ、関西八夜凪を思い浮かべた。

椿、櫻、牡丹、菊、紫陽花……それに金木犀《きんもくせい》、撫子《なでしこ》、菖蒲《あやめ》、全部で八つだ。祝融夜凪というものは聞いたことがない。

「知りませんけど、どこにあるんですか、それ」

『いや、ご存じないなら……』

「待ってください佐々木さん、そりゃないですよ。僕の知らない夜凪があるなら教えてください」

沈黙があった。

背筋を寒気が駆け抜けてゆく心地がする。

これまで佐々木との会話で沈黙が訪れたことはない。それが、聞いたことのない夜凪の名を口にし、聞き返すとこの静寂である。とはいえ、どうしてただの沈黙に私は怯《おび》えたのだろうか。

「さ、佐々木さん……？」

『取材が終わったらまた教えてください。収穫を期待しています』

まだ喋っているのに通話を切られた。そんな乱暴な切り方をされたのもはじめてだ。なんだかおかしい。

おかしい、といえばらんぷもだ。

入院の情報を聞いて以後、消息がわからない。

何度か『調子はどうや』とＬＩＮＥで近況を訊ねたが、スタンプがひとつ返ってくるだけで言葉がない。それも、どんなメッセージを送っても同じスタンプが返ってきた。文脈も内容も関係なく、猫が『ＯＫ！』と両手を上げるスタンプである。スタンプのかわいらしさと会話を拒絶するような用法とのギャップで、気味悪さだけが肥大化していく。反応があるということは元気な証拠だと無理矢理思い込み、なんとか心の中で折り合いをつけていた。しばらく連絡していない。あのスタンプを見るのが厭だった。

藤川桂

　コーヒーが一杯千円もするホテルのカフェに、覚えのあるいい香りが漂った。

「お待たせしてすみません」

　待ち合わせの時間をやや過ぎてやってきた女は、藤川桂《ふじかわかつら》と名乗った。夜凪の匂いが藤川桂からするだけで胸が高鳴る。匂いだけで反応するなんて、パブロフの犬ではないか。我ながら情けないと思う。

　編集部には『wnld』というハンドルネームでメールしたらしい。佐々木からも『会うのはいいが慎重に』と言われていたので、こうして実際会うまで本当に来るのか懐疑的だった。いたずらの線も大いにあり得るからだ。

　しかし、そんな心配は藤川桂の澄んだ声を前に霧散した。

「どうも藤川です」

　藤川桂は目を細め、微笑んだ。

「ホラー作家の最東と申します」

「すみません。私、名刺を持つほどの者じゃありませんので」

　藤川桂は控えめな所作で髪をかきあげ、困ったように眉を下げ戸惑う素振りを見せた。目が合うと彼女の指の隙間から艶やかな黒髪がさらさらと零《こぼ》れ落ちる。

「いえ、お気になさらず……」

「そうですか？　でしたら失礼ながら、頂戴いたします」

ゆらりとした所作で私が差し出した名刺を藤川桂は受け取った。近づいた拍子に私が好きなあのいい香りが鼻先をくすぐり、鼓動が強く打つのがわかった。ふと無意識に見蕩れていたことに気づき、慌てて居住まいを正す。

ふと顔を上げた時、藤川桂から漂ういい香りがより一層強くなった。先に鼻で彼女を感じ、次の瞬間、大きく丸いビー玉のような瞳が目の前にあった。いつのまにか私のすぐそばまで詰めてきていたのだ。

「えっ……」

思わず言葉に詰まる。名刺を差し出した手に温《ぬく》もりを感じた。

「名刺の代わりと言っては大げさかもしれませんが」

そう言って藤川桂はそのビー玉の瞳を大きく開き、こちらをじっと見つめた。その目力に圧倒され、目を逸らした。逸らした視線の先で透き通る白さの美しい指が私の手に絡みついている。

このたった数瞬で、鼻と目と手が藤川桂に惚れさせられてしまった。

「職業柄、覚えてもらう方法をこれしか知りませんもので」

藤川桂はそう言いつつもじっと私を見つめるばかりだった。たった十秒、見つめ返しただけで吸い込まれそうな、怖気《おぞけ》にも似た慕情を抱きそうになる。

「あ、ありがとうございます。もう、結構ですのでその……」

「かわいいお人。どうして引退する前に知り合えなかったのかしら」

香りと目力と温かみの波状攻撃で、頭がくらくらしてきた。これ以上、ペースを握られるとヤバイ。本気で思う。

「取材のほうをはじめたいのですが」

絞り出すようにそう切り出すので精一杯だった。カフェの、それも個室でもない場所でハマるなんて、あってはいけない。理性が感情に呑み込まれる寸前で、私は思いとどまった。

「いいですよ。対地さん、よろしくお願いいたします」

手を離し、一歩下がってくれたが、落ち着くどころか心臓は烈しく躍っていた。

第四の攻撃は言葉。このタイミングで私を下の名で呼ぶのは反則だ。顔が紅潮しているのが、熱っぽさからわかる。

「おかけになってください」

本来、この言葉はこちらが言うべき言葉だが、恥ずかしながら藤川桂に言われてしまった。照れ隠しにへらへらしながら、勧められるがままに先に椅子に腰を下ろす。面目もくそもない有様だ。

心情を悟られまい、と私はウェイターを呼び、コーヒーをふたつ注文する。

藤川桂は、ぞくりとするほど美しかった。

夜凪どころか、北新地《きたしんち》でも人気を独り占めできる、そう思えるほどの気品と美しさ、それに妖しさに溢れた女だった。服装も彼女でなければたちまち周囲から浮きそうな、深緑のワンピース。大きくあいた胸元と足首を隠すロング丈のワンピースなのに、ぴっちりと肌に張り付いていて、彼女のすらりとしたスタイルが露わだ。その胸から脚にかけての曲線美に息を呑み、全身から漂う色気に眩暈がしそうになった。妖艶とか、妖美とか、そういった耽美《たんび》な喩えの意味が今さらながらはっきりとわかった気がした。

顔立ちは当たり前のように整っていて、左頬の耳のそばにほくろがある。笑みを浮かべて細められた目は、まぶたの奥の大きな黒目がこちらを捉えているようだ。うっかり目を合わすと吸い込まれてしまいそうに思った。

夜凪で働いていた頃の藤川桂を思い、客として訪れていたら、と想像させられる。邪念を振り払おうにも、まとわりつく妖美なまなざしからは逃れられなかった。

「やだわ、醜いでしょう？　あんまり見ないで」

思わぬひとことに一瞬呆けてしまった。しかしすぐになにを指しているのか気づく。

藤川桂の口元には痛々しい傷痕があった。下顎から鼻の横に至る、裂傷の痕だった。

藤川桂を完全無欠の存在にしていないのはその傷のせいだ。いや、かえって魅力が増しているようにも思う。甘さの中にある辛み、旨味《うまみ》の中の苦さ、素材を引き立たせるためのアクセントのようなものだ。しかし、そんなことは言えるはずもない。

「これ、古傷なんですけど目立つでしょう？　今の技術だったら完全に消せるのかしら」

なにも言っていないのに藤川桂は自ら傷のことに触れた。私の表情から察したのだろうか、なんでも見透かしてしまう魔性だ。

「……事故かなにかで？」

「斬られたんです、昔。お医者さんに行かなかったものですから、こんな風になってしまって」

絶句する私を面白がるように、藤川桂はふふ、と笑った。

凄惨な過去を話しているはずなのに、どこか楽しそうに話しているのが印象的だった。

「おかげでお客さんもぐっと減ってしまって……。足を洗うにはちょうどよかったのかもしれませんね」

「不躾《ぶしつけ》な質問かもしれませんが、どうして病院で診《み》てもらわなかったのですか」

「色々事情というものがございますのよ」

藤川桂は小さな子供に言い聞かせるように小首を傾《かし》げてそう言った。叱られた気持ちになり、それ以上突っ込むこともできず話題を変える。

「やりとりを録音してもかまいませんか？」

「録音はよしておくんなんし。声を録《と》られるなんて恥ずかしいもの」

確認用で公開はしない、と説明したが藤川桂は拒否した。やむを得ない。

録音はせず、はじめようとしたところで謝礼を渡していないことを思い出した。

「そ、そうだ。忘れないうちに、先にお納めください」

「対地さん」

ドキリとする。

藤川桂はテーブルに差し出した封筒に見向きもせず、かすかに微笑みながら小さく首を横に振った。それがどういう意味なのかわからず、しばし混乱する。

「なにかお気に障りましたか……？」

「なにをおっしゃいますやら。いつでもどうぞ」

澄まし顔で藤川桂は答える。数秒、様子を窺ったが機嫌を損ねたわけではなさそうなので、インタビューをはじめることにした。

「それではじめさせていただきます」

藤川桂は黙ってこちらを見つめている。薄い眉が生き物のようにゆらりと弧を描き、赤い紅がぬるりと光った。それが返事だといわんばかりに。

とろんと濡れたビー玉の瞳に向き合うだけで、匂い立つ色気に青ざめる思いだった。顔の傷でさえいやらしいものに見えてくる。顎先を裂くその傷が女性器の割れ目のようにも見えて、気を失いそうだった。

「先にお伝えしていました通り……この取材は藤川さんの夜凪での仕事内容を聞くものではありません。あくまで紫陽花夜凪で見聞きした不思議な体験であったり、妙な話など……」

取材の内容を説明している間、藤川桂はじっとこちらを見つめていた。目が合うたびにペースを乱されそうで、極力彼女の肩ばかりに話しかけた。

「対地さん、紫陽花夜凪には母子像があるのはご存じかしら」

「ぼ、母子像ですか？　いえ、はじめて知りました」

「あるんですよ。機会がありましたら是非その目でご覧になってみてください」

「わかりました。近いうちに足を運ぼうと思っていますので見てみようと思います」

「私が知っているお話も関係していますの」

彼女が私を『対地さん』と呼ぶたび、危うくメモ帳を飛ばしそうになった。

おかげで彼女がどうして関東弁を使うのか聞くのを忘れた。重要なことではないが、時折聞きなれない言い回しをすることがあった。本人は気にしていないようだが。

一時間ほどのインタビューを終えた頃には、どういうわけか私のほうが消耗していた。人見知りするほうではないが、異常に気を使ったようだ。

藤川桂が語った話は、怪談とは程遠い期待外れの代物だった。だが、彼女の言い知れぬ迫力につい口を挟めないまま終えてしまった。怪談ではなく、身の上話のようだったが、内容の薄気味悪さは一級品だ。ミステリアスな美女から聞いた謎の話、という一連のパッケージでならかろうじて怪談として成立するかもしれない。

「ちょっと失礼いたします」

藤川桂が席を立ち、私の思案を遮った。トイレだと思い、軽く彼女を見上げて小さくうなずく。

「ああ、そういえば対地さん」

「はい？」

カツカツとヒールを鳴らし、私の膝に触れるほど近づいた。強くなるいい匂いに息を止めた。一種の防衛本能に近い。藤川桂は相変わらずそんな痴態を晒す私には一切構わず、大きな瞳で私の目の奥を覗き込むように前かがみになった。

咄嗟《とっさ》に目を逸らすが、かがんだ胸元から覗く白い谷間が目に飛び込んでくる。慌てて再び目のやり場を探すが見当たらず、結局はまた彼女の目に戻るしかなかった。

そのすべてを見通しているような母のような姉のような面持ちで、しかし肉親とは決定的に異質な吸引力に正気を奪われていく。

藤川桂は、私から目を逸らすことなく手で谷間を隠し微笑む。〝見ました？〟と揶揄《からか》うように。

「以前にもお会いしていますわね」

「いえ、今日はじめてかと……」

唾《つば》を呑み込み、しどろもどろで答えた。しかし、答えた内容には迷いはない。藤川桂ほどの女を、忘れるわけがないという確信があった。

「あら、そうかしら？　まあ、私はどこにでもいますので」

「どこにでも……って、それは」

訊ねようとした時にはもう藤川桂は後ろ姿だった。

気持ちを持ち直して椅子に座り直すと汗を掻ききったグラスの水を飲み干した。鼓動の高鳴りは依然として治まらないが、なんとか落ち着きは取り戻していた。

藤川桂という女。一体、何者だろうか。迫力とも凄みともいえる色気と、見た者を離さない吸引力を持つ美しさ。そのふたつにすっかり気圧《けお》されて、彼女のパーソナルな部分にまったく踏み込めなかった。捕食される蛙《かえる》の気分だったが、捕食の瞬間を心待ちにしている矛盾した気持ちだった。

ところどころで発する謎めいた言葉についても、どういう意味かすら聞けない。これが自分の経験力による未熟さだというのなら、世の男たちはどれだけ勇猛果敢なのだろう。見習いたいものだと思う。

「ふぅーーー」

ソファに背を預けると、大きな溜め息を吐いた。緊張しきりで疲れてしまった。高い高い天井に押しつぶされそうになって、目を閉じた。藤川桂が戻ってきたら、なにを話せばいいのか、今から考えておかなければ。

そういえば彼女の話……昔、どこかで聞いたことがあるような気がする。瞑目《めいもく》の暗中でそれがどこで聞いたものだったかを手繰り寄せようとするが、その蔓《つる》の先にはなにもなかった。気のせいか、と諦める。なぜだか、その話についてこれ以上考える気になれなかった。

「お客様」

声がして目を開けるとウェイターが立っていた。手にはコイントレーを持っている。うわの空でただそれを見上げていると、「こちらお返しでございます」と言ってテーブルにそれを置いた。

「待って」

一礼して辞去しかけたウェイターを呼び止め、たった今テーブルに置いたそれについて訊ねた。微笑みを浮かべたまま、ウェイターはこう言った。

「お連れさまにお支払いいただきました。お返しはお客様にお渡しいたしますよう申しつかっております」

なんのことかわからずもう一度聞き返そうと思った時、テーブルの上のコイントレーが目に入った。トレーの上には紙幣が数枚と封筒、文鎮代わりの硬貨があった。紙幣と一緒にあるその封筒は、藤川桂への謝礼が入っていたものだ。

「これでコーヒー代を払《はろ》うたん」

「左様でございます」

つぶやいたつもりがウェイターは返事をして去っていった。テーブルには、口をつけていないコーヒーカップが所在なげにしている。藤川桂は謝礼を受け取らず、私に声をかけないまま消えたのだった。私はただ呆気に取られたまま、しばらくそこに座っていた。

後日、改めて礼をしようと佐々木にメールをしたが、一転、藤川桂と連絡が取れなくなったと返事が来た。なんだかあの時間がすべて、夢だったかのようだ。

藤川桂に梅丸のことを聞きそびれていたことを、さらにそのあとで気づいた。

佐々木、来阪

「これひとつ」

「四百八十円、細かいのある？」

「ええっと、八十円なら」

そんなやりとりをしながら露店でパック売りのキンパを受け取り、佐々木はポリ袋を断った。辺りには露店が犇《ひし》めき、がやがやと賑やかに店員が通行人に向かって売り文句を並べている。ここは大阪のとある地域にあるコリアン市場だ。

「いやあ、活気づいてますねえ。この不景気に逞《たくま》しいじゃないですか」

パキパキと音を立てながらパックの輪ゴムを外し、佐々木は買ったばかりのキンパを手摑みで頰張った。本人が言った通り、秋までにしっかり復調したらしい。相変わらず丸くパンパンに膨らんだ鞄を時折すれ違う通行人にぶつけながら、アーケード下の市場を歩いた。一泊のはずだが、そんなに着替えがいるだろうか。

「最東さんもいかがですか」

「じゃあひとつだけ」

どうぞどうぞ、と佐々木が勧めるままキンパをひとつつまんだ。ごま油と海苔《のり》のいい香りが鼻に抜け、コリコリとした歯触りが楽しい。ある程度咀嚼を楽しんでから缶ビールで飲み下した。

市場はさきイカやトマトをまるまる一個漬け込んだ変わり種のキムチや、青果に精肉、かと思えば衣類や日用雑貨を売る店まで雑多だ。

「この辺は大阪でも屈指のコリアンタウンなんです。おいしいキムチはもちろんですけど、焼肉なんかも本場顔負けなほど激戦区で」

「はは〜なるほど。東京でいう新大久保《しんおおくぼ》とかそんな感じですかね」

佐々木は興味深そうにキョロキョロとあたりを見回しながら美味《うま》そうにキンパを食べきった。健全そうな佐々木の様子に改めて安心した。

藤川桂の取材で奮起した私は気を取り直して紫陽花夜凪に行くことを決めた。一応佐々木に報告すると、すっかり全快したので同行すると言いだしたのだ。

病み上がりなのを心配したが、取り越し苦労だったようだ。

「藤川桂という女性に私も会いたかったですよ」

「えらく綺麗でしたけど、それ以上に得体が知れない感じがしましたね」

もう一度会えると言われても、躊躇《ちゅうちょ》してしまう。もっとも、会いたいと思ったところでその手段はないが。佐々木は残念そうに顔をしかめ、市場に設置されたゴミ箱にキンパのパックを捨てた。

「はあ〜、それはミステリアスに拍車がかかってますな」

藤川桂が謝礼を受け取らなかったことについて佐々木はそう感想を述べた。謝礼金は光文社が出しているので、結果的に余ってしまったぶんを返したいと申し出ると、「じゃあ、メシ代にでもしましょう」とあっけらかんと答えた。

「しつこいかもしれませんけど、一体どのツテから藤川桂を紹介してくれたんですか」

「本当にしつこいですね！　とはいえ、まあ気になりますよねえ。立場的に勝手に喋っちゃいけないんですが、そうですねえ……。弊社も怪談本をいくつか出してまして。ということは、怪談作家さんにもお世話になっているというか」

なるほど。名前は言えないが、怪談作家の誰かから紹介してもらった、ということか。老若男女、様々な職業や立場の人から怪談を集める怪談作家ならば、藤川桂のような知り合いがいても不思議ではない。それならこれ以上、食い下がるわけにもいかない。仕方なく話題を変えることにした。

「話変わりますけど、前に佐々木さんが言うてはった祝融夜凪というのはなんやったんですか」

「ああそれ、忘れてください」

「忘れてくださいって、そんなん……」

「違うんですよ。変な意味じゃなく単にガセだったんです。存在しない夜凪なので、気にするようなことじゃないですよ」

「ガセ？　誰かから聞いたってことですか」

まあ……そうですね、と佐々木は苦々しい表情を浮かべた。聞いてみると椿、櫻と夜凪を経験して興味が湧いたらしく自分でも調べてみたらしい。その中で偶然、祝融夜凪というのがあるらしいという情報を得た。

「だけど夜凪って花の冠が付いているじゃないですか。祝融って『三国志演義《さんごくしえんぎ》』に出てくる架空の神様らしいんですよ。実際に作中に登場するのは祝融の末裔《まつえい》を自称する祝融夫人というやつなんですがね。孟獲《もうかく》という武将の妻で、孔明《こうめい》の度重なる慈悲に甘えて逃げ帰ってくる夫の不甲斐《ふがい》なさに、武将顔負けに大暴れするおっかない女性なのですが……。まあ、それはそれとして遊廓の名としてはぴったりかと思いますがね。はじめて祝融夜凪という名前を知った時は興奮したんですが、よくよく考えると夜凪の名前としてはおかしいな、と」

『三国志演義』が急に出てくるっていうのがそもそもおかしいじゃないですか、と苦笑いする。それに夜凪は関西にしか残っていないはずなのに、祝融は関東に存在するという情報だったと話した。

「それにしてもあの時は乱暴に電話切りましたよね」

「なんですかそれ？　あらら、もしかして私がですか。申し訳ない。熱で朦朧《もうろう》としていてあまり覚えておらんのです」

確かにあの時の佐々木は様子がおかしかった。熱があったと言われればなるほど納得できる。自分でもよくわかっていない、ということはままあるかもしれない。

話している間に商店街を抜け、気づけば紫陽花夜凪のそばまで来ていた。

スマホで地理を確認しながら進む。商店街を抜けてからもあちこちで韓国語の看板が目に入った。韓国料理店、居酒屋、韓国人向け商店――やがて目印の市民公園が現れる。

秋晴れの公園は、赤い紅でおめかしした木々が揺れていた。子連れや高齢者で賑わい、併設されたテニスコートや野球場からは、活気づいた掛け声が次々と青空に吸い込まれている。

目印のこの公園まで来れば、紫陽花夜凪はもうすぐそこだ。

「思えば椿夜凪に行った夜から丸一年が経ちますねぇ」

しみじみ言う佐々木に失笑し、詫びる代わりに突っ込みを入れる。

「今日は突然いなくならないでくださいよ」

夜凪に差し掛かる前に、佐々木に念を押しておこうと思った。

「はい？」

佐々木の白々しい返事に溜め息を噛み殺して念を押す。

「佐々木さん、夜凪で遊ぶ時ときどきいなくなるじゃないですか。あれ、心臓に悪いんで」

「なに言ってるんですか。いつも急にいなくなるのは最東さんのほうですよ」

「そんなわけないですよ。前も気づいたらいなくなっていて……」

「あれ？　どうして話が食い違うんですかね？　櫻夜凪の時は最東さん、前を歩いていたはずなのにちょっと張店の女の子を見て振り向いたらいなくなってるんですもん。しばらく捜してもいないし、連絡もつかないんで遊んでいるんだと思って私もそのあとで揚がったんですが」

佐々木の話に思わず立ち止まった。

「待ってください。好みの女の子がいたから居ても立ってもいられずに飛び込んだのは佐々木さんでしょ?」

「ちょっと最東さん、私はそんなに節操のない人間じゃないですよ。確かに楽しみにしてましたが、作家さんと一緒に回っていて、自分だけ性欲に耐え切れず挨拶もなしに店に飛び込むなんてことしませんよ」

「そんなアホなこと……」

そんなアホなことあるわけないと言いかけた時、脳裏にらんぷのことがよぎった。菊夜凪ではやつも突然いなくなった。

佐々木が自らを「そんな人間ではない」と主張しているように、らんぷもまたそんな無礼な人間ではない。夜凪の独特の空気に呑まれてつい普段と違う行動をしてしまっただけだと単純に考えていた。

なぜそんな風に思い込んでいたのだろう。夜凪の空気に呑まれて、その人物が普段と違う行動をとる……それで納得していたことが我ながらなんとも気持ちが悪い。

「最東さん、とりあえず回っちゃいましょう」

「え?　ええ……そうですね。はい」

考えがまとまらず、うわの空になりそうなのをペットボトルの水を飲んで無理矢理ごまかした。

紫陽花夜凪は街との境界線が曖昧でわかりにくい。

というのも通常夜凪は街とは明確に区分けがされており、一歩足を踏み入れれば右も左も料亭(旅館)だ。もっとも小規模である菊夜凪でさえ、営業する八軒が限定された区画に密集している。

「情報の通りですね。わかってないと見落としますよここ」

「え、ここがもうそうなんですか」

「はい。これ、見てください」

通りを歩いていると交差点の隅に母子像があった。藤川桂が言っていたのはこれのことだろう。周りに溶け込んでいて確かにわかりづらい。

菊夜凪は入口がどこかわかりづらい夜凪だったが、こちらは入口らしき入口がないので、いつ紫陽花夜凪に入ったのかわかりづらい。どちらも小規模夜凪には違いないから、わかりづらくなるのは仕方がないことなのかもしれないが。

「なんだか変わった像ですね。お地蔵さんや観音像とは違う」

佐々木の感想通り、この母子像、変わっているといえば変わっている。宗教的なものではなさそうだ。花などのお供えものはなくただひっそりとそこに佇んでいる。

ここが紫陽花夜凪か……。そう思いつつあたりを見回した。

夕闇差し迫る空の下、四角い屋号の看板が白く光っている。夜凪の旅館に違いないが建ち並んでいるというわけではなく、一軒か二軒並んだ次の店が普通の飲食店だったり住宅だったりする。

営業しているのは二十軒ほどという情報だ。置屋からの派遣型で料亭ではなく旅館。水車が回っているような凝った造りの店もある。店先には遣り手婆だけが立ち、ホステスは顔見世しない。ほかの夜凪に比べると客引きもおとなしめで、道行く男に控えめな声をかけている。

「コリアンタウンのそばだということは紫陽花夜凪で働く女の子もまた韓国の子なんですか」

「さあ……そこまではわかりません。韓国人も在籍してはいる、という情報はあるんですけど、数はすくないんじゃないですかね」

「藤川桂は何年前に在籍していたんですか」

「詳しくは話してくれませんでしたが、数年前ということは確かみたいですね」

その頃はずいぶん客足がすくなかったらしい。菊夜凪と同じだ。ネットの普及で夜凪の存在が知られるようになったのはそれよりもあとのことである。

「実際、最近ではユーチューブやなんかで夜凪に突撃する動画が増えたんです。おとなしく見て回るぶんにはいいんですけど、連中は営業中の店を隠し撮りすることが多い。夜凪が知られるようになったことで客足的には好転しましたが、同時に警戒が必要にもなったっちゅう話みたいです」

「紫陽花は戦前にできた夜凪ということですから、遊廓由来じゃない。あちこちに点在する旅館も風情がありますが、遊廓建築とは違うんですねえ」

「おお、本当に調べてきはったんですね」

揶揄ったつもりではなかったが、佐々木はすこし不機嫌そうに「当然です」と答えた。

「なんでも迷惑系で括るわけやないですけど、面白ければモラルなんてくそくらえって連中と同列に見られたくはないですよね」

「最東さん……もしかして、あれってまさに動画配信者《そ れ》ですかね」

佐々木が声を潜め、耳打ちしてきた。佐々木の視線の先にはスマホを構え、物陰から通りを撮影している人影があった。季節外れの暑そうな――。

「インバネスコート……」

「本当だ。流行《はや》ってるんですかねえ、ファッションの流行りはてんでわかりませんもので。あんなのを着てるってことはきっと素性を隠したいんですよ。あんなカンカン帽まで被ってちゃ、余計に目立つのにねえ」

なるほど、と相槌を打ちその背中を見つめながら進む。確かに秋とはいえまだ暑い。佐々木の言葉で一気に暑苦しく見えてくる。インバネスコートの男はこちらに気づくこともなく、熱心に撮影をしているようだった。ここのところ本当によく見る。案外、流行っているというのは的を射ているのかもしれない。

「ちょっと最東さん、動画はだめですよ」

「えっ」

突然、謂《いわ》れのない注意を受け思わず佐々木を振り返る。佐々木はウインクをして、顎でコートの後ろ姿を指した。そういうことか。

「あ、だめなんですか」

「そうですよ、ここで撮影したら怒られますよ。それでなくともこっそり撮ってネットに上げる不届きなやつがいるんですから。バレなきゃいいとか軽い気持ちじゃ痛い目に遭いますよ。立派な盗撮ですから」

コートの肩がぴくりと震えた。男はカンカン帽を深く被り直すと慌ててスマホをポケットにしまい、そそくさと立ち去っていく。

佐々木と顔を見合わせ、笑みを交わした。

「まあ盗撮というのは盛った表現ですけどねえ。もちろん、旅館の内部とかを撮っちゃだめですよ」

「佐々木さんは今、重要な文化を守ったんですよ」

「恐縮です」

咄嗟の機転で悪者を撃退した気持ちになり、私たちは気分よくもう一周歩いた。

途中で遣りて婆から「どこ入っても一緒やからうちにしとき」と声をかけられ、立ち止まって彼女と軽く話をした。

「またにするわ」

と辞去した時にはもう佐々木の姿はなかった。

怪談

自販機そばの親子

もう何年も前の話ですが、とHさんが話してくれた。

紫陽花夜凪には昔、雑誌の自動販売機があって、そのそばには小さな母子像が立っていた。Hさんが近くの会社で働いていた頃には自販機はすでにその役目を終えていた。つまり壊れていた。週刊誌や男性誌、成人誌と雑多な雑誌を扱う自動販売機だったという。

ある夜のことだ。

置屋から旅館へ向かっているホステスが件《くだん》の自販機の前を通りかかった。

自販機を通り過ぎて数メートル行ったところで、ふと気になって振り返ったのだという。自販機のそばに人影があったように思ったからだ。

人影の正体は小さな子供を連れた女だった。見たまんまの印象が正しいとすれば、親子のそれだ。あまりじろじろ見るのも失礼だと思ったが、目を逸らすことができなかった。なにかが変だ。どこかおかしい。

親子はふたりとも、虚ろな目をして宙を見つめている。顔からは生気を感じず、どことなくこの世のものではないような空気をまとっていた。

ホステスは「あっ」と声を漏らした。

違和感の正体に気が付いてしまったのだ。

親子は一見、なんの変哲もないごく普通の人間に見える。だが小さい。

体が異様に小さかった。

自販機の高さがおそらく百八十センチくらい。自分の身長より高い。一方、親子の母親のほうはそれよりも遥かに背が低い……百二十……いや百十センチほどしかなく、身長が低いとかいうレベルの問題ではない。

ふと、ちょうどそばの母子像と同じくらいの背丈だと気付き、悪寒が走った。

しまった、と思った瞬間、親子はふたり同時にこちらを振り向き、

『血はいらんかね』

と笑った。

母親の口は耳よりも上に裂け、のこぎりのようなギザギザのお歯黒の歯が剥き出しになっていた。子も同じように裂けた口で笑う。真っ赤に濡れた歯だ。ふたりの狂気じみた笑顔は禍々《まがまが》しく、恐ろしい顔だった。

ホステスは慌てて旅館へと向かった。

旅館に到着するとホステスの真っ青な顔に驚いた女将が事情を訊ねた。息も絶え絶えに今見たことを話すと女将は驚くこともなく、神妙な面持ちで彼女を憐れんだという。

置屋の主人に事情を話してやるから今日は帰れと言われ、わけもわからず追い返された。紫陽花夜凪は置屋からの派遣形式なので、客のほうは指名でもしない限り誰が来るかわからず、今日休んでも問題はない。

女将には帰る際、自販機の前を通るなと強く念を押された。

言われるまでもなく、あそこを通るつもりはなく、遠回りをして帰った。

自分の部屋に帰って、すぐに異変を感じた。妙に寒い。

温度が低いというわけではなく、体の底から凍えるような寒気だった。まるで高熱にうなされている時のようで、シャワーも浴びずにベッドにもぐりこんだ。

寒い。寒い。

寒気はさらにひどくなりベッドの中で震えた。体中の血がじわじわと抜けていくようで、文字通り青くなる。

死ぬかと思った。

原因不明の体調不良はまる二日間続いた。起き上がることも困難なほど衰弱し、病院に行く気力もなかった。

このまま続けば命にかかわる。途切れ途切れの意識の中で、いよいよ死を覚悟する他なかった。

二日間、朦朧とする意識の中であの親子が部屋の隅でこちらをじっと見ていた。蜃《しん》気《き》楼《ろう》に覆われたような視界の中で、親子は微動だにせず、ただうれしそうに歯を見せて笑っている。黒い歯と赤い歯がやけにはっきりしていた。

意識を失うたびに、遠くのほうで『血はいらんかね、血を買ってくれんかね』と聞こえてくる。まぶたを閉じた闇の中で、繰り返し、繰り返し——。

三日目の朝には体調が快復した。死を意識したことすら嘘に思えるほどに。


のちにホステスは女将からこんな話を聞いた。

紫陽花夜凪は『夜凪通いを急にやめる上客・常連が多い』という。

そういうこともあるだろうと思うが、よくよく聞くとそういう話ではないらしい。

大の常連、上客に限ってパッタリと突然姿を見せなくなる。徐々に来る頻度が減ってやがてフェードアウト、ということならまだわかるが、パッタリみんな突然来なくなる。紫陽花夜凪通いを生きがいにしているような年寄りも例外なく、だ。

来なくなった客は決まって、来なくなる直前に母子像の前の自販機でなにかを買っていたという目撃談が聞こえてきた。

一度、あるホステスがそれを見かけ、客が去ったあとに母子像を見に行った。

そこには丸裸の現金がお賽銭《さいせん》のように置かれていた。万札が何枚もあったという。ホステスはなんだか気味が悪くてその現金に手を出すこともなくその場から立ち去った。

それから紫陽花夜凪では自販機前の母子像に注意するよう通達が回った。その後も時々、件のホステスと同様の体験をする者が相次いだ。

ホステスは丸二日不調に苦しむが消えたりはしない。常連客……つまり男だけがいなくなる。

赤線時代、ホステスを身ごもらせ、姿をくらます上客は珍しくなかった。ホステスはひとり子を産み落とし、育てようと奮闘するも、すぐに生活は困窮し無理心中に至る……そんな悲しい事件があとを絶たなかった。

あの親子も生活に困り、血を売っていたのではないだろうか。

その証拠と言ってはなんだが、消えた常連客のひとりについてある噂話が立った。

自販機でなにかを買った客はその後、音信不通となり、しばらくして飛び降り自殺をした。その死体は、どういうわけか通常では考えられない量の出血があったという。

人ひとりの血液量の倍近くが流れていたというのだ。

女将は客が買ったのは血で、その血が体内を巡って自殺に至ったのだと自信満々に断言した。今でもその名残か、紫陽花夜凪に足しげく通う客には、ほどほどに距離をとったほうがいいとオーナーもしくは遣りて婆がホステスを窘《たしな》める習慣がある。

その後、自販機は撤去され、今はその場所にコンビニが建っている。母子像もそれに伴い撤去されたというが、今でもどういうわけかたびたび母子像と親子の目撃情報がある。あの場所で今も親子は血を売っているのだろうか。

二部

府外三夜凪

スマホに〝公衆電話〟から着信があったのは、藤川桂についての原稿を書き終えてしばらくしたある夜のことだった。

非通知でかかってくる電話は総じてろくなものではないので取らないようにしている。だが公衆電話はレアだ。もしかすると実家の母が出先で携帯電話を失《な》くしたのかもしれない。

通話をタップし、受話口に耳を当てた。

『最東さんすか』

声は母ではなく、男の声だった。

「そうですが、どちらさまですか」

『俺ですよ俺、らんぷっす』

驚きですぐには言葉が出てこなかった。消息不明だった灰色らんぷだ。

一秒か二秒、口をパクパクさせてからようやく声が言葉となった。

「お前、どうしてんねん！　全然連絡つかんし、心配してたんぞ」

『俺を心配してたんすか？　うれしいっすね』

「入院してたって聞いたぞ。なんか線路から落ちたって」

『そうなんすよ。〇〇の駅なんですけど、向こうのホームにあの子が見えて……』

「〇〇駅？」

駅名は伏せるが、その駅には覚えがあった。知名度の低い辺境の駅だ——が、一部の界隈では有名で、私もよく知る駅だ。

「なんでそんなところおんねん」

それは牡丹夜凪の最寄り駅だった。

『最東さんに夜凪を教えてもらってから俺、クセになってもうたんです』

やはり牡丹夜凪目当てだった。市外からその駅を目指す輩《やから》など、ほぼほぼ夜凪目当てで間違いない。らんぷもそうだった、それだけの話だ。

「抜きに行って怪我しとったら世話ないな」

ははは、とらんぷは笑った。

『えらい目に遭いましたよ。おかげで入院中、あの子に会いに行かれへんくて』

「あの子って、お前牡丹夜凪で馴染みの子できたんか。手ぇ早いやっちゃな」

言い終えてから、らんぷの言う〝あの子〟が引っかかった。聞き直す間もなく、らんぷが話す。

『ちゃいますよ。あの子はどの夜凪におるかわからんくて。だから山勘に頼るしかないんです。だからあの日はね、当たりやったんすよ。だって駅におったんやから』

「日によってどの夜凪におるかわからんて、なんやそれ。そんなホステスが――」

おるんか、と言おうとして電撃が走った。

それって梅丸と同じ――。

『ずっと捜してるんすよねぇ。あの時も無我夢中で線路に落ちたん気づかんかったんですよ。ただあの子を見失わんようにだけせんとあかんって』

「ま、待てらんぷ。その話、いやその子って」

『あ〜〜っ！』

らんぷが奇声を発した。突然の大声に思わずスマホを耳から離す。

『最東さん、最東さん！　俺が電話したんはそんなん言うためちゃうんですって！』

らんぷは半狂乱に声を裏返しながら意味不明の言葉を叫んでいる。どこにいるかは知らないが、公衆電話からだと相当目立っているに違いない。

「お、落ち着けって！　とりあえず静かにせんと通行人に通報されてまうぞ」

『俺はね、最東さん！　最東さんが心配で電話したんすよ！』

「俺が心配？　いや、俺は大丈夫やから。別にどっか具合悪いこともあらへんし、それよりお前や」

『俺のことはどうでもええねん！』

怒声が耳を突き抜ける。痺《しび》れるような恐怖が股の間から這いあがってくる。

――このらんぷは、自分が知っているらんぷとは違う。

だが本人には違いないはずだった。酔っているとしか思えない。そうでなければ、頭がおかしくなってしまったのか。

『ええですか、俺の言うことをよう聞いてください』

「わ……わかった。わかったから、大きな声出すなよ、な？」

『誰が大きな声出してんすか。そいつ、俺がしばいたりますよ。俺ね、筋トレとかしてて、腕力には自信あるんすよ』

「うん、そうか。そうやな、また頼むわ」

できるだけ障りのない相槌を打ち、らんぷを刺激しないよう努めた。

『俺が心配してるのはね……最東さんが死のうとしてるっちゅうことですよ』

「は？　俺が死ぬ？」

『そうです。あんた、死ぬつもりでしょ。俺にはわかってるんですから』

一体、誰から何を聞いたのか。それとも彼の錯乱ぶりからすると、極端な思い込みがあるのだろうか。どちらにせよ、正気でないのは確かだ。

「大丈夫や。俺は死なへん。病気でもないし、本は売れへんけど死ぬほどやないで。だから安心してくれ。死んだりせんから」

『なんで嘘吐くねんお前』

「えっ」

耳元で雑音が消え、通話が終了したことを知らせる。無音のスマホを耳に当てたまま、しばらく呆然とした。

らんぷとはその日を境に音信不通となった。

書くべきか迷ったが、彼が本書を読むことを願い掲載することにした。

きんもくせいの章

金木犀夜凪……奈良県某山山頂付近に存在する旅館街。山頂には歴史ある寺院があり、行楽シーズンや週末は参拝客で賑わう。寺院への長い坂道が参道につながる門前町になっており、食事処《どころ》や土産物店が軒を連ねている。その中で存在感を放っているのが情緒豊かな旅館。紫陽花夜凪や牡丹夜凪のような『旅館風貸座敷』ではなく、ここにあるのは本物の旅館である。そのため当然ながらホステスが顔見世することもなければ旅館に在籍もしていない。それどころか性の香りなど微塵《みじん》も匂わせないため、一見客《いちげんきゃく》は度胸が試されるだろう。なんの変哲もない旅館だがよく見れば玄関横に風俗営業の鑑札があるので、それを目印にされたし。玄関先で女将に遊びたい旨を伝えれば好みを聞いてくるので、それに答えてあとは待合室でホステスを待つだけ。なにからなにまで異質で、時間は三時間と泊まりのみ。旅館の温泉にホステスと入るのはここでしか味わえない風情である。三時間二万七千円。

ケーブルカーで金木犀夜凪へ

『非常に興味深く面白いのですが、やはり一冊としてのボリューム不足感が否めないかと』

電話からの宣告に頭が痛くなった。今の原稿に加筆するのは厄介な作業になりそうだ。無理にボリュームアップを図ろうとすれば、情報の羅列に終始しかねない。

『以前、最東さんがおっしゃってましたよね、「大阪には五つ夜凪があって、府外に三つある」と。それらを合わせて関西八大夜凪と呼ぶ、と』

厭な予感がする。

『〝大阪五大夜凪では梅丸の情報を得ることはできなかったが、府外三夜凪ならどうか〟という体で関西八大夜凪を取材すればいいんです。そうしたらちょうどいい分量になるし、一石二鳥じゃないですか』

世はコロナ禍と呼ばれる騒乱が本格化していた。

〝新型コロナウイルス感染症〟はある日、突然船に乗ってやってくると、ウイルスが猛威を振るい、我々の日常は一変した。

飛沫《ひまつ》感染の疑いが濃厚だったこともあり、手洗い、マスクの徹底が当たり前になり、人と会えなくなった。あらゆる業態が時短営業を強いられ、夜が本来の長さを取り戻そうとしていた。

そうなる前に大阪五大夜凪を取材できたのは不幸中の幸いだったといえる。想定外なのは、企画のキモであった〝梅丸〟についてだけだ。

「でも、追加取材っていうのも無理がありますしねぇ……」

コロナ禍で不要不急の外出が制限されているのですが、と暗に訴えてみた。

十二月。

寒風吹く乾いた季節に最東は奈良にいた。金木犀夜凪の取材のためだ。

犬の車掌さんがデザインの陽気なケーブルカーに揺られ、山頂の遊園地へ向けてずんずんと上っていく。金木犀夜凪はその途中の停車駅にあった。金木犀夜凪は夜凪の中でも特に異質で、ロケーションひとつとっても街中にある大阪の夜凪とは根本的に違う。

目印の古いアーチには光が灯っている。電飾のけばけばしさが歴史を感じさせていた。

嬉々《きき》としてアーチをくぐり、金木犀夜凪を目指して坂を上る。寂れてはいるが味のある風景の中を進んでいくと、次第に店が増えてきた。おしるこののぼりを立てている茶屋の前を喉を鳴らし通り過ぎる。

佐々木にコロナ禍の外出自粛を訴えたところ、〝だったらボリューム不足でもこれで行きましょう〟という話にはならず、結局三つの夜凪を追加取材することになった。愚痴っても状況が好転するとは思えず、不承不承、佐々木の提案を受け入れたのだ。

坂の途中、そば屋から漂う出汁《だし》の香りにふと振り返ると、換気のため開放したままの店の入口から、そば屋の店内がちらりと目に入った。帽子にコート姿の客が美味そうに天ざるをすすっている。帽子くらい取って食えよ、と笑いそうになった。これ以上見ると突発的に入ってしまいそうだ。口の中で溢れる唾を呑み込み、後ろを振り返った。

「おお」

思わず声が漏れた。

目の前には奈良の街を見渡す絶景が広がっていた。坂の上から門前町と冬の青空と山々、街並みが折り重なってできた景色に息を呑んだ。空気が乾燥しているからか、心なしか澄んで見える。

平日ということもあり門前町には人足《ひとあし》もまばらで閑散としている。おかげで景色をひとり占めできて気分がよかった。空気も美味い。

外出自粛を耐えてきたせいか、余計にそう感じた。

天ざるへの未練を吹き飛ばし、気を取り直して坂を進んでいくと雰囲気のある木造旅館に出合った。

風情豊かな昭和の和風建築という感じだ。造りが他の店と明らかに違うせいで、並々ならぬ存在感を放っていた。【旅館朱火《あけび》】と恰好いい太い筆字の板看板が玄関の頭上にでかでかと掲げられている。放たれた広い玄関には赤い式台と規則正しく並んだスリッパ、威風堂々とした虎の絵の屏《びょう》風《ぶ》があった。

牡丹、紫陽花のような旅館〝風〟ではなく、誰がどう見てもれっきとした旅館。

玄関に近づくとどこかにあるはずの〝シール〟を探した。

「あった」

【風俗営業許可店】……これがあるということは、つまりそういうことだ。

すかさず鑑札をスマホに収める。続いて旅館の外観もパシャリ。

「ほんまやったんや……」

実在することは知っていたし、営業していることもリサーチ済みだ。思い返せばネットの画像等でも見覚えがある。

だが実際足を運んで現地で見ると感慨が違う。一見、趣のある普通の旅館なのに、玄関に風俗営業許可の鑑札、または、シールがあるのだ。

ここが他の夜凪と違うのは、まずホステスが置屋から派遣されてくると旅館の温泉に一緒に浸《つ》かり、体を洗ってから遊ぶところだ。紫陽花夜凪や牡丹夜凪のように旅館の体《てい》ではなくれっきとした旅館なので、温泉も客室もちゃんとしているらしい。いますぐ勇気を出して玄関に入り、女将に〝遊びたい〟と伝えれば即体験できるというわけだ。

実際にはそんな度胸なんてない。今回は佐々木やらんぷのような同行者もいないし、背中を押してくれる者も、代わりに体験してくれそうな者もいない。

興味も好奇心もあったが、一歩踏み出す勇気は出なかった。

そば屋にて

眼前に広がる景色を楽しみながら参道を下っていく。

下調べによると金木犀夜凪は観光地だったということもあり、最盛期は泊まりが主体だった。そのことから時間は三時間のロングと泊まりしかなかった。現在もそうらしい。売防法以前は温泉地や観光地といえば必ずこういった遊里や置屋があって、金木犀夜凪はある意味そちらの名残に近い。

「腹減ったな」

この辺はひとしきり見回った。そろそろ腹ごしらえしてもいいだろう。そういえばこのすぐ下にそば屋があったはずだ。天ざるをすする客の姿を思い出す。空気は肌寒いが、坂道を歩きまくったおかげで暑い。今は熱いそばより、ざるがいい。

まだ明るいが、時刻は十七時を過ぎていた。見ればあちこち店が閉じている。急がないとそば屋も閉まってしまいそうだ。最後にひと目だけ見ておこうと【旅館朱火】を振り返った。空が薄茜《うすあかね》に染まりはじめる中、ひっそりと佇む【旅館朱火】があった。

ここにも梅丸はいたのだろうか。それともそんなホステスははなから存在しないのか。一体私はなにを追いかけているのだろう。彼女の着物の裾ほども摑めていない。

不意に鰹《かつお》出汁のいい匂いが鼻先をくすぐった。そば屋はすぐ近くだ。

朝食を摂ってから半日、なにも食べていない。空腹を抱えてふらふらと店に入ると、さっき天ざるをすすっていた男が座っていたのと同じ席に腰を下ろした。

「いらっしゃい。十八時までやけどかまわへん？」

「ああ、大丈夫です。パッと食べて出ますんで」

はーい、と返事をして店員の女がテーブルに水とおしぼりを置いた。メニューには山菜そばやかき揚げそば、男が食べていた天ざるが載っている。所狭しとメニューに並んだ美味そうな写真を見ると空腹で頭がくらくらした。我ながらこんなに卑しかったのかとおかしくなる。

「じゃあ天ざるを」

一応、メニューには目を通したが店に入る前から決めていた。あの客を見てからずっと天ざるが食いたかったのだ。ここで食わねばしばらく天ざるの呪いにかかりそうな気さえした。

「今日は天ざるがよう売れるわ」

店員の女は笑いながら厨房《ちゅうぼう》へ入った。

「今日は忙しかったんですか」

「そんなことあらへんよ。お客さんはちょっとやで。やのにみんな天ざるばっかり頼まはる」

「天ぷら食べたいけど冷たいそばも食べたい、というニーズに応えてるからちゃいますか」

なんか難しいこと言うてはる、と奥からまた笑い声が上がった。

冷たいおしぼりで顔を拭き、さっぱりした気分で店内を見回した。広い店ではないがこぢんまりとして親近感の湧く雰囲気があった。気取った御膳やコース料理より、素朴な料理を出す店がこの場所にはよく合っている。

スマホでどこぞのブロガーが金木犀夜凪を取材した記事などに目を通しているうち、厨房からぷちぷちと天ぷらを揚げるいい音がしてきた。ブログの記事にもこの店で食事をしたと書いてある。やはり天ざるを食べたらしい。名物なのだろうか。

「はい、おまち」

「どうも。おお、美味そう」

あつあつの海老天《えびてん》をかじるとシャクッ、と小気味いい音がした。口の中に海老の風味が広がりぷりぷりとした歯触りがうれしい。嚙むたびにじんわり広がる油の香りに多幸感でいっぱいになった。

「こらみんな天ざる食べるわ……」

「普通の天ざるでっせ」と店員の女は笑う。下がった目尻が親切な人柄を表している。

「そうや、ほらこれ見てください」

と言って、読んでいたブログ記事を見せた。店員の女はスマホを受け取ると画面に鼻がつくくらい近づき、目を細めた。

「ほんまや、こんなんに載ってるんはじめて知ったわ」

「ここへ来る人たちはみんな天ざるを推してますよ」

「へぇ～」

感心した声を上げたかと思うと、すこしして店員の女は首を傾げた。

「これってなんのやつ？」

「はい？」

「インターネットやろこれ。誰かが書いてるってことやんな。ちょっと見てもかまわへん？」

うなずいてスマホを渡す。指でスクロールすれば記事が読めると簡単に説明した。

店員の女は眉間に皺を寄せ、目を細くしてブログを読んだ。

その姿を横目に天ざるを食べている途中で、「なああんた」と低い声で話しかけられた。

「なんですか」

「あんたも変なつもりでここに来たんか」

「変なつもりって……ああ、夜凪の？」

「それ食べたらすぐ帰ってや。これ返すし」

そう言って乱雑にスマホをテーブルに投げた。驚いて振り返ると店員の女は顔を歪めてこちらを睨んでいる。剣呑《けんのん》な物言いから察するに、怒っているのだろうか。

「え、僕、なんかしました？」

困惑して訊ねるが店員の女は「知らん」とだけ答え、厨房に引っ込んでいった。

女の豹変《ひょうへん》ぶりに戸惑いながら食べる天ざるは、あんなに美味かったのに味がしなくなった。一体、なにが気に障ったのだろうか。

思い当たる節があるとすれば――。

「ごちそうさまでした」

急いで食べ終えると女に聞こえるように言う。店員の女はふてくされた態度で再び姿を見せると脇目もふらずレジに立った。

「千二百円です」

財布から金を出しながら女の様子を窺った。怒りは収まっているが、目を合わせようとしない。さっさと帰れ、という意思がビシバシと伝わってくる。

「あの、実は僕はこういうものでして」

千円札二枚と一緒に名刺を釣り銭受けに置いた。名刺だけを取り、スマホを見ていた時と同じ表情で女は目を細める。

「ホラー作家……作家って、なんなん」

「小説家、というやつでして。えっと、一応こんな本をですね……」

女が興味を失う前にと急いでスマホを操作し、Amazon の著者ページを呼びだした。

「ええ、ほんまに作家さんなんや！　これ、本屋さんに売ってんの」

「はい、小さい店だと置いてないところもありますが、大きな書店だと大抵置いてますよ」

店員の女はへぇ、とかほぉ、とか感心の声を上げるとさっきまでの不機嫌が嘘のように興味を示した。こういう時に役立つのは、本を出したという実績なのだ。

「ホラーの人やったら、こんなところ来てもなんの取材にもならへんのちゃうの？」

「いえ、実は夜凪を題材にした本を書いているんです。関西の夜凪に関する怪談を集めてまして。それで訪れたのですが……」

インターネットなどで面白おかしく書いているのとは違う、と暗に強調しながら光文社の名前を出したりした。聞き覚えのある出版社の名に女はさらに前のめりになって私の仕事について聞いてくる。芸能人かなにかと勘違いしているのではと疑うほどの熱心さだった。そうすると不思議と、彼女の顔に藤川桂に似た面影を見た。

いや、なにを言うてんねん俺は。なんでそば屋のおばちゃんに藤川桂の……。余計な思いを振り払い、気を取り直す。

「土地に根付く話や、事件事故にまつわる話など話の由来は様々ですが、そこで生活されている方に迷惑をかけるような話を書くつもりはありません。ただ夜凪という今も存在する特異な場所に伝わる不思議な話を多くの人に知ってもらいたいと思いまして……」

「そんなん言われてもなぁ……」

「どんな話でもいいんです。別に幽霊が出てこなくても、おかしなお客さんとか今になって考えるとちょっと変な話とか、あとは……遊女の伝説とか」

遊女とは梅丸のことだが、ここは名を伏せることにした。

「おかしなお客さんかぁ、そういう話やったら一個あるけど」

「是非聞かせてください」

「でもほんまになんでもない話やで?」

「大丈夫です!」

「ちょっとお茶淹《い》れるわな。店閉めるからテーブルに座って待っといて」

さきほどまでのギスギスした緊張感は霧散し、期待で胸が膨らんだ。できることなら途中から味がしなくなった天ざるを食べ直したいくらいだ。

「あっ、そうや！」

席に着こうとした時、店員の女が大声を出した。またなにか気に障ったかと心臓が止まりそうになる。

「お釣り渡してへんやん」

そう言って店員の女は釣り銭を持ってやってきた。動悸が治まりきらないまま椅子に腰を下ろした私の手のひらにチャリンと八百円が落ちた。

怪談

お水泥さん

金木犀夜凪の近くでそば屋を営む女性はここのところ困っていることを話してくれた。

「ユーチューバーです、って人が最近よう増えてねえ」

ネットで夜凪の存在を知った動画配信者（＝ユーチューバー）が、その中でもよりカルト的なところを求め、ここにたどり着く。

そうしてぼんやりと『女が買えるらしい』という情報のみを握りしめて、瞳を輝かせてどうすれば遊べるのか、ここはどういうところなのかを聞いてくるという。

「夜凪が目当てで来てはる男の人は知らんかもしらんけど、お寺さん目当てに来はる観光客のほうが断然多いねんよ」

自称ユーチューバーによる迷惑行為に困り果てている様子だった。

「せやからね、土日なんかはうちも席いっぱいになることもあるし、平日は基本暇やけど、それでも一日通して坊主（来店がゼロのこと）いうことはあらへん。そんな他のお客さんもおる前で『ここって遊廓なんですか』とか、『売春してるんですか』とか言わんでほしい」

夜凪が目当てでやってくる客は昔からいたが、節度をわきまえてくれていたので、知っていることくらいは気軽に教えてあげた。しかし、ここのところの蛮行は目に余るものがある。そういう客はここが風俗街だとでも思い込んでいるようで、みんな一様に顔つきがおかしい。

「金木犀夜凪なんて、地元の私らはそんな呼び方で呼んだことない。ここいらのいくつかの昔からやってる旅館が、伝統でそういうのを続けているだけやし、正直なとこ迷惑やねん。私はインターネットとかはあんま知らんから、どんなん書いてるんか知らんけど」

それでも人づてに聞いたネットでの情報はひどいものだったという。そんな情報をもとに訪れる客は、さらにひどい態度の者ばかり。こういうことが続いてさすがに『門前町組合』でも問題になった。

「しゃあないな、お水泥《みどろ》さんにお願いしましょか」

会合での話し合いの結果、組合長がそう結論を出した。

聞き慣れない言葉だったのでなんなのか聞いてみると、組合長はお水泥さんにお願いするのは三十年ぶりと答えた。

質問の答えになっておらず、女性がもうすこし詳しく聞こうとすると組合の年寄り連中に止められた。

「参道商店のみなさん、えらい厭な思いしましたな。迷惑行為が急になくなるっちゅうことはないやろうけど、そんでもだいぶ減るんちゃうかな思います。あとはわてら老人会に任せておくんなはれ」

会合はそれにて散会となった。

お水泥さんという聞いたことのない言葉に首を傾げ、会合で一緒だった他の店主にも訊ねた。だが彼女と同じく、その店主も首をひねるだけだった。

「でもそれからほんまに減ったんよ」

組合長がお水泥さんにお願いする、と言っていたのを聞いただけで実際なにをしたのかは知らない。外からやってくる迷惑ユーチューバーをどうやって減らしたのだろうか。

参道商店の様子はなにも変わらない。お水泥さんはおそらく神様かなにかだろう。それを拝んでお願いしたというわけだ。

しかし、神頼みにはこんなにも効果があるものだろうか。

女性は半信半疑のまま、もうすこしの間様子を見てみようと決めた。

「ほいで、ここからははす向かいのお茶屋の奥さんから聞いたんやけど……」

組合長がお水泥さんにお願いをしてからすこしした頃、若い男のふたり組が店にやってきた。

そのお茶屋は茶葉も売るが、小さいながら軒先で茶と菓子を楽しめるテラス席があった。近頃は男性同士でも茶や和菓子を楽しむのは珍しいことでもないので、そのつもりで接客をしたところ、そのふたり組は妙なことを聞いてきたという。

『【みどろ】という旅館を探している』

ぎょっとして思わず声が出そうになった。

「お茶屋さん、うちよりも古うから商売やってはるんやけど、そんでも二十年くらいやって」

つまり、以前お水泥さんにお願いをした三十年前のことは知らない。

「ここで商売はやってるねんけど、ありがたいお寺さんやってこと以外、歴史的なことは全然知らへんねん。それはそれで組合のボランティアが観光客にガイドしてるし、うちらも興味持たんとねえ」

お茶屋を訪れた男たちは店主に【みどろ】という旅館のことを聞いた。驚いた店主が男の顔を見るとふたりとも土気色の肌をし、かさかさに乾燥していた。芋虫のような面長でとろんと垂れた目が特徴的だったという。

ふたりは着ている服や背恰好は違うものの、気味が悪いくらいに同じ顔だった。

『僕たちユーチューバーなんですけど、ちょっと前に撮影に来た時にすっごい美人がいたんです。そしてつい追いかけたら【みどろ】という旅館に入って。……もしかしたら、そこのホステスなのかなと思って――』

ふたりは美女を追って吸い込まれるように旅館の中に入った。女将から好みを聞かれてふたりして『今入った女の人』と答え、どちらも別の客室で待たされたという。

遊廓には『廻《まわ》し』という制度があり、ひとりの遊女が一夜の内に、同じ時間帯に複数の客を相手にする。これは同じ部屋で同時に……といういわゆる乱交という話ではなく、ブッキングしている客は別室に待たせ、合間合間に相手をするというものだ。誤解なきよう説明しておくと、これはなにも客に黙って遊女がうまく客を廻すための裏技などではない。現代《いま》の感覚では理解しがたいが、『廻し』は客側も了承済みの制度なのだ。ゆえに人気の遊女は一晩に何人もの客を取った。

金木犀夜凪も元は門前町の遊廓街を発端とする。『廻し』の制度が残っているのかと店主は思ったそうだ。

「やけどそのおふたりさん、おかしなこと言うんやて。どっちの部屋にもその女の人がやってきて、同時に遊んで、同時に宿を出てきた」

そんなことはあり得ない。

その男ふたりは、同じ女を同じ時間に別々の部屋でそれぞれ抱いたというのだ。

お茶屋の店主はそれを聞いて冗談だと思った。揶揄われているのだと。

だが男たちは病人のような風貌なのに目だけをギラギラといやらしく輝かせて、どうしてもあの女をもう一度抱きたいと巻き舌気味で口々に訴えた。

「そうは言うても、金木犀夜凪には【みどろ】っちゅう旅館なんてあらへんしなあ」

お茶屋の店主も同様の言葉を返したが、男たちは確かにあったと言って退《ひ》かない。妙な客に捕まってしまったと店主が狼狽《ろうばい》していると、突然男のひとりが『あ、呼ばれた』と言い出し、直後にもうひとりが『本当だ』と言って足早に店を出て、去っていった。

不思議なことにふたりは坂を上っていった。そもそも彼らは【みどろ】を散々探し回って見つからず、そして参道の中でも下にあるこの茶屋に寄ったらしい。つまり帰るには下るしかない。上っても行き場はないはずだった。

「それでも、一直線に上っていった、って言うてはった。見つからんって言うてた割に、そこがどこにあるんかわかりきってるみたいな、迷いのない足取りやったらしいで」

お茶屋の店主は気になって、そのふたりの背を見守っていた。どこまで行くのだろう、と思ったらしい。だがふたりは旅館が密集している一帯には脇目もふらず、寺院のほうへと上っていった。

驚いて見ているとそのままふたりは寺の先へ消えたという。

「この上のお寺さんな、物凄く広いやろ。社殿もいくつもあるし、お地蔵さんや仏さんもぎょうさんある。そん中には年中封印されたっきりでお顔を拝めへん仏さんもあるんやて。もしかしたらお水泥さんもそういうやつなんかもしらんなあ」

結局のところ、お水泥さんの正体も存在しない旅館も美人のホステスも、なにひとつわかることはなかった。

ただはっきりしているのは、件のホステスの名だ。

「そのふたり組のお客さん、呼ばれたって言うて店出ていく時に『梅丸さんに会える』って言い合ってたらしいねんな。梅丸って、いつの時代やねんって笑うてもうたわ」

なお、この店のおすすめは天ざるである。

なでしこの章

撫子夜凪……兵庫県某市に根付く料亭型の夜凪。こちらは櫻夜凪と似ていてピークの時間帯には数人のホステスが顔見世している。他のどの夜凪よりも密集度が高く、営業時間外の昼間に見るとその外観はアパート風集合住宅に近い。だが夜になればたちまち、ピンクやブルーの明かりが店々から漏れ、バーカウンターの止まり木にホステスがこちらに向かって座っている。店の狭さも随一で階段の傾斜の急さは恐怖を覚えるレベル。反面ホステスの質はよく、常連でさえ何周回っても決めかねるという。椿夜凪を凝縮したような濃厚な空間で二十分一万円也《なり》。シャワーはなしで料金は全店統一。三十分二万円もある。

最大級の不運、降りかかる

原稿データが消えた。

あと五十枚ほどで書き上がる予定だった長編原稿だ。脱稿前の長編原稿が消えるなんて小説家にとっては悪夢以外のなにものでもない。クラウドにバックアップを取っておいたはずなのに、それも綺麗になくなった。『花怪談』の原稿じゃなかったのがせめてもの救いだった。

これには見事に心をへし折られた。しばらくの間はショックで食べ物も喉を通らず、酒浸りの時間を過ごした。

『不運な事故で原稿のデータが消えてしまったことは心中お察しして余りあるかと思います。〆切につきましては、今月末の予定でしたが来月二十日まででしたら延ばすことができます。デッドラインは二十二日です。それまでに書下ろすのが不可能ということでしたら、今回の企画は次回に持ち越しとなり――』

同情しつつもスケジュールが最重要であるかのような内容の担当編集者からの返信がより気を滅入らせる。年内の収入予定がひとつ吹っ飛んだ。

幸いというのか、むしろ悪化しているというのか、『花怪談』は今、原稿を待ってもらっている段階だ。脱稿したのではなく、停滞している。吹っ飛んだ原稿の中で、『花怪談』だけは無事だったという意味では幸い。よりにもよって停滞している原稿だけが残ったというのがむしろ悪化……

といったところだ。どちらにせよ、ものは取りようである。

通常、版元から依頼があり、プロットを起こし、企画会議を通れば執筆を開始する。執筆にかかる時間は人によってまちまちだが、〆切が決まっている場合自分の筆の速度と相談しなくてはならない。私の場合だと大体、ひと月からふた月ほどで書きあがるので、のこり五十枚ということはいよいよ大詰めのシーンだったとわかるだろう。

私はそんな〝刊行日が決まっている原稿〟を落としたのだ。どんな言い訳をして、どれだけ同情を誘ったとしても、こればかりはどうしようもない。

先に契約書を交わさず、着手金もない、印税が振り込まれるのは本が出てから――という口約束がまかり通る業界では、作家たちの不満も多い。だが、今回ばかりはその口約束の業界に助けられた。もしも契約書や先に原稿料をもらっていたとしたら――考えただけで吐きそうだ。いや、すでに吐きそうなほど落ち込んではいるのだが。

精神的に参っているからなのか、この頃から、酔うことが多くなった。どれだけ飲んでも決して正体不明になることなどないいわゆる〝ザル〟が自慢だったのが、次第に前日の記憶もまばらになった。飲む量を減らさなければと心ではわかっていても、よだれがへばりついた枕で目を覚ます日々。自由業ならではの、自由な時間が裏目に出ていた。気づけば四六時中酒を手にしている。

『ええっ、最東さんかわいそう～！　私だったら死んじゃう！』

『うわわ、考えたくない考えたくない！』

パソコンのディスプレイ、碁盤のマス目のように四角く整列した中にいくつもの顔がある。今、私を加えて六人がオンラインでつながっている。

作家仲間と時折こうやってパソコン越しのリモート飲み会をするのが共通の楽しみとなっていた。

実際に会って飲むほうがいいのは言うまでもないが、いざやってみるとリモート飲み会は場所を選ばないのがいい。どこに住んでいようがパソコンやスマホ一台で同時につながれるのは新しいコミュニケーションのかたちだ。これに関してだけ言えば、コロナ禍のおかげだ。

『私も〆切に間に合わなくて延ばしてもらったんだけど……それも間に合わなそうなんだよね。怖くて担当さんに連絡できない』

私の不運に便乗するようにして清水真迦《しみずまか》が発言した。

幸い酒に呑まれるようになっても私の顔色は変わらなかった。私の泥酔生活を知らない仲間たちに悟られまいと喋り方には細心の注意を払う。

『大丈夫大丈夫、この業界には〆切と本当の〆切と真の〆切があるから。担当がいいですよ、って言っているうちは本当の〆切にも至ってないって』

『なにそれ、本当の〆切って怖い……。真の〆切とどう違うの？』

『版元の「ここが限界」っていうのが本当の〆切で、真の〆切は印刷所の〆切だよ。真の〆切までいくと印刷所に直接持って行かなきゃなんない』

そういや印刷所の隅っこで原稿書いてた人の話も聞いたなー、と奴賀の話に一同が笑う。清水ひとりが顔を青くしていた。私も耳が痛い。

『私も聞いたことある。真の〆切だともっと直前で間に合うって』

『でもそれすると絶対版元に嫌われるでしょ』

守神と今牟がそれぞれ発言し、『それは厭だなぁ』と呑気《のんき》な声が端から聞こえた。

『それでなくとも引く手数多《あまた》なわけちゃうから、僕は真の〆切まではいきたくないいな』

浜野《はまの》ロイド、通称〝ハロ〟。ライト文芸の作家で年は私より三つほど下ながら、作家歴はここにいる六人の中で一番長い。

『ハロさんやめてよぉ……。私、そんなの絶対無理だから……。それに九州から東京の印刷所なんて遠すぎるし』

泣き言を漏らす清水真迦は九州在住の兼業作家。常に腰が低くネガティブな性格だ。

『まあ、これもずいぶん昔の話だから、今もそれが通用するかはわかんないけどね』

奴賀の言葉に画面の頭がまばらにうなずく。すくなくともここのメンバーでそこまで逼迫《ひっぱく》した〆切状況に追い込まれた者はいないから、真偽のほどは不明なのである。

『はあ……死にたい』

『担当さんからなにも愚痴られたりしてないんでしょ？　そんなのあっちも日常茶飯事だし、気にすることないって』

『もっとヤバイ作家なんてごろごろしてるっしょ』

励ますつもりで言った言葉に清水は余計に『はあ～』と深く嘆息した。

――『〝〆切を守ればいい作家か？〟というのは難しいですね』

これは以前佐々木が言っていたことだ。

『〆切を守らなくても……極端な喩えだと〆切を何年オーバーしていたとしても、強烈に面白くてベストセラーになればそれは商業的には大正解なんですよ。〆切を守っても売れなくて消えていく作家はいくらでもいるわけだから、時間感覚にルーズであっても売って利益を出す作家のほうが重宝されるわけです。娯楽ビジネスでもありますから、ただ多作な人が成功するという世界ではないんですよ。最東さんは筆こそ速いですが、現状それだけでは心許《こころもと》ない。深みを持たせるには感性だけじゃなく技術も必要だということです』

事実、今年はデビュー四年でまだ二作しか上梓していない。だが講演やイベントのゲスト、本の帯のコメントや解説依頼など執筆以外でも大忙しだ。これに重版、さらにはメディア化も加われば収入はどかんと増える。この業界、暗い話題ばかりが目立つが夢のある仕事には違いない。

『まああ、清水さんの苦労もわかるけど今は最東さんの悲劇をみんなで慰めようよ』

「みんな優しいなぁ……」

『本当はさっと集まって飲むのが理想だけど、そうもいかないのが辛《つら》いね』

『最東さん、データ全部消えたけどドンマイ』

「全部ちゃうっちゅうねん」

仲間たちの言葉がありがたかった。落ち込み、酒浸りになっているとはここではとても晒せなかった。

不測の事態とはいえ、手元の仕事が立ち消えてしまったのだから、『花怪談』に集中するしかない。諦念を孕《はら》んだ溜め息を吐くと、ふと冷静になって自らの部屋を見た。

あちこちに酒の缶や瓶が転がり、口を結んだスーパーのレジ袋、本、空箱、ゴミ……。ゴミ屋敷とまでは言わないが、醜く汚れ散らかった部屋だ。

まるで他人事のように、私はつぶやいていた。

「誰の部屋やねん、これ」

音信不通の佐々木

佐々木からメールの返事がこない。

たまに返事の催促はするが、反応がないまま数か月が経っていた。

私は撫子夜凪へ取材に行くことを伝えた。夜凪取材の報告にはなにかしら反応するのでは、と思ったがなしのつぶてである。佐々木の携帯に電話してみたが出る気配はない。光文社に直接かけてみるか、とも考えたがもう少し待ってみようと思った。不安はあるがとにかく取材には行く。

撫子夜凪には取材協力者と行くことになっている。浜野ロイドことハロだ。ハロは兵庫在住であり、実家が撫子夜凪の近くにある。そのため撫子夜凪のことは子供の頃から知っている上、周辺の事情にも詳しいことから同行をお願いしたのだ。

しかしハロ自身はいわゆる性風俗に関心がなく、撫子夜凪の存在を知っていても利用したことはない。こちらとしても遊ぶことが目的ではないので問題はないが、らんぷと佐々木の件もある。ハロもふたりのようにいなくなったりしないか――?

当然、そのような心配も頭をよぎった。

『心配せんでや。俺、撫子夜凪に行ったって遊んだりせえへんし、興味もないから』

ハロは私の心配を平然と吹き飛ばした。

確かに言われてみればあのふたりは夜凪で遊んだ結果、消えた。らんぷについては推定有罪というところだが、状況的にはそのように考えて不足はないと思う。ならば、ハロの言うように遊ばなければ大丈夫なのだろうか。色々と考えた結果、今回はハロの言うことを信じてみることにした。

取材の日が迫っても佐々木からの連絡はなかった。

佐々木の音信不通が企画の頓挫につながったら、それ以上の不運などない。もはや悪夢だ。

この業界では、編集者から執筆依頼が来た際に契約書を取り交わさないのが一般的だ。雑誌掲載でも取り交わすことはないし、本になるとしてもほとんどの場合、書店に並ぶ二週間前から一週間前くらいに契約書が送付される。ひどいところでは書店に本が並んでから契約書が届く。発売してからひと月後に届いた契約書で当初聞いていた初版部数を大きく減らしていた、という事実を知らせてくる版元まである。ここまであからさまにひどい版元は稀だが。

しかし、それについての善し悪《あ》しには言及しない。メリットもデメリットも存在するから一概にどうこう言えないのだ。どちらにせよ不確定要素が多い仕事なのは間違いない。

つまり佐々木と連絡が取れないままだったら『花怪談』は世に出ないかもしれない。

不安で息苦しくなってきた。それをごまかすため、さらに酒量が増える。そして、部屋がまた汚れていく。

『佐々木さんに限ってそんな不義理はしないいんじゃない？　この業界、あちこちひでぇ話は聞くけど佐々木さんの悪評だけは塵《ちり》ほども耳にしないし。むしろ剛腕編集者だって武勇伝ばっかり聞くよ』

リモート飲み会の折、奴賀に相談すると守神や清水も賛同した。佐々木についての悪評は聞かないと口をそろえる。

『お会いしたことはあるけど、仕事はまだご一緒してないいんでわからないなぁ』

『光文社からは本出してないので今年に同じく』

今年とハロは右の通りだ。

『でも連絡取れないのは心配だね。光文社で他に知り合いとかいないの？』

「いや、確か編集長の人と名刺交換したことあるで」

佐々木が在籍している編集部の編集長とはパーティーで一度会っている。顔までは覚えていないが、佐々木に声をかけられる前だったはずだ。

『トラブった時のために担当さんの上司のメアドをゲットしとくのは自衛手段のひとつだよ。佐々木さんと連絡取れないなら、編集長にメールしてみたら？』

「さすぬか！」

奴賀は得意げに胸を張り、他の面々もそれがいいと賛同した。

奴賀の冴《さ》えた案に従い、翌日早速名刺を引っ張り出し、編集長の鬼島《きしま》宛てに問い合わせのメールを送った。そして翌日、返信があった。

最東対地さま

大変お世話になっております。光文社の鬼島です。

ながらくご無沙汰しておりますがお変わりありませんでしょうか。時世もあって、やむを得ないとはいえ、なかなかお会いできず申し訳ありません。

さて、お問い合わせいただきました佐々木の件ですが、当人に事実関係を確認いたしましたとこ

ろ、誠に申し上げにくいのですが本人は最東さんの担当ではないと言っています。

私自身も最東さんにお仕事の依頼をした認識はありませんし、進行中の『花怪談』につきましてもはじめて知りました。

しかし、最東さんが二年近く進めている企画だとおっしゃっていましたので、社内で当該データをお預かりしていないか情報共有しましたところやはり知る者はいませんでした。

勝手な推測で恐縮ですが、もしかすると最東さんがやりとりをされていた「佐々木和仁」は、佐々木の名を騙《かた》った別人の可能性はないでしょうか。どういった目的があって佐々木を騙っているのか不明ですが、現状としてはそのくらいしか思い当たりません。

最東さんの思い違いを疑うわけではありませんが、よろしければ佐々木と名乗る人物とのメールを拝見させていただけませんでしょうか。

無論、社外に出すことはありません。私と佐々木、一部の役職社員のみで共有し、重大な問題として扱いたいと存じます。

そして、最東さんさえよければ……ですが、『花怪談』のお原稿を読ませていただけませんでしょうか。

前向きにご検討いただけると幸いです。

光文社文芸第一編集部　鬼島順《じゅん》

なにが書いてあるのだ、これは。

理解しようと努力するが繰り返し読んでみても頭に入ってこない。佐々木はいるが佐々木じゃない？　混乱する頭で必死に整理する。つまりこういうことか？

あの佐々木は偽者。

どこの誰だかわからない人間だということか。

そんなバカな。頭の中で不快な蟲のようななにかが蠢いた。

撫子夜凪

「俺が住んでた頃よりはやっぱり寂しいな。世間の目が厳しくなったたって面もあるんやろうけど、昔は前歩いてるだけで手ぇ掴まれそうな勢いやって怖かったわ」

赤髪に黒マスク、メタルバンドの黒Tシャツに鋲がいくつも付いた、それで寒さをしのげるのか疑問な革ジャン姿といった尖った出《い》で立ちで、ハロは街並みを懐かしんだ。しかしあまり楽しそうではない。風貌はさておき、やはり真面目な男にはこの場所は刺激が強かったようだ。

昔、一度だけハロはこの界隈に迷い込んだことがあった。高校生時代のことで、アルバイトをしていた精肉店は撫子夜凪の近所にあった。基本的に夜のシフトに入っていて、毎晩深夜近くまで働いていたという。

「ご時世やな。未成年の働かせ方として今やったら絶対あかんけど、僕らン時はギリセーフやった」

そんな勤務体系だったため、休憩に入る頃は夜もそこそこ深い時間だったという。だが、店の中にいると休憩中でもいつ呼びだされるか気が気でないので、要領のいいバイトは休憩時間を外で過ごすのが普通だった。

「その時やな、外をなんとなく歩いとったらピンク色の光が漏れたケバケバしい一帯が現れたんは」

ハロはそこがなんの場所かわからないまま、前を横切った。

各店の前には遣り手婆らしい初老の女が立っていたらしいが声はかけられなかった。おそらく、ひと目で高校生だとわかったからだろう。

「店に帰ってきて社員にその話をしたら『お前も好きやのぉ』ってニヤニヤされて、あれはめっちゃはずかったわ。……とまあ、俺の知る撫子夜凪の思い出なんてこんなもんやわ」

とハロは自嘲するように言った。

「だからこうやって周囲を歩くのに付き合うくらいしかできへんけど」

「いや、今の話で充分。それに土地鑑ある人がおるだけで心強い」

視線の先には撫子夜凪があった。本格的に近づくのは暗くなってからと決めていた。

ハロと近くの店で食事を摂り、夜になるのを待った。人前で酔うのが恐《おそ》ろしくて、酒は飲まなかった。そのせいか意味もなくずっと苛立っていた。

巨大な椿、道が広く店と店の間隔がある櫻、店の造りが派手な牡丹、もっとも小規模で狭い菊、街並みに溶け込む紫陽花、お寺の門前町の旅館街である金木犀、僻地《へきち》の菖蒲——そして撫子はいくつかの建物の中に密集している夜凪だ。

無論、それぞれの店は独立している。店舗数は三十軒ほどだ。だがそれらが各々《おのおの》建物の中に集合しており、まるでアパートだ。

アパートと違うのは、それぞれの店に道路に面して入口があるということくらい。トイレは外に共同トイレが設置されており、店に入らなくても用を足せる。

また店と店の間には壁一枚しかなく、正面から見ればまるで牛が並ぶ牛舎のようだ。しかも二階へ上がる階段は急で狭い。裏側に回ると同じ牛舎の裏口が並んでいる。

「お兄ちゃん、選んでって」

「ほら寄ってってえな、こんなかわいい子」

この風景もすっかりお馴染みだ。なにしろ夜凪はこれで七つめ、はじめて訪れる夜凪でも遣りて婆の呼ぶ声を聞けば安心するようになってしまった。

だがハロはそうはいかない。付き合ってくれてはいるが顔は強張《こわば》っている。

「話によるとシャワーはないみたいやな。見るからにそんなスペースなさそうやし、納得っちゅうとこか」

「うん……」

ふたりともすっかり言葉すくなになってしまった。

景色のどぎつさは夜凪の中ではトップクラス。アムステルダムの飾り窓を連想させる、ピンクや青のネオンライトがそうさせているのだろう。

通りに面しているいわゆるメイン通りは車の往来もあるため道幅は広いが、敷地内の道はもはや路地であり対面ですれ違うには半身を譲らなければならないほど狭い。それゆえに密集度というか、濃度が格別に濃い。その気がなくともここに来ればついふらっと揚がってしまいそうだ。

「どうせやし、遊んでいく?」

冗談交じりにハロを誘ってみると、たちまち顔をしかめて睨まれた。

「行くならひとりでどうぞ。そんなつもりでついてきたんちゃうし」

「う、嘘やんか。冗談のわからんやつやな」

正直、そんなに怒ると思わなかったので声が上ずってしまった。コートのポケットに手を突っ込み、肩をすくめる。気まずさをごまかしたかった。

「そういえば帽子の趣味変えたん」

気まずかったのはハロのほうもだったのか、話題を変えてきた。

「まあな。こういうのよさがわかってきた」

頭のカンカン帽に触れながら、できるだけ明るい声音を作った。

……そういえば、この帽子いつ買《こ》うたっけ？

ふと気になり思い出そうとするがどこで購入したのか、どこがどう気に入ったのか自分でも胡乱《うろん》な有様だった。

「相変わらずここは野良猫多いな」

ハロの言葉に我に返った。酒が切れたせいか、どうもボーッとしがちだ。飲んでも飲まなくても正気でない状態は非常に危うい。わかっていても現状どうしようもない。

「ね、猫って？」

ハロには悟られまいと慌てて返事をする。実際のところ、猫などどうでもよかった。

「ほら、夜凪に密集してるみたいに多いやろ」

曖昧に相槌を打ち、ハロの視線を目で追った。そこには確かに猫が何匹かうろついている。そのうちの一匹が藤川桂だった。

「えっ……？」

待て。〝そのうちの一匹が藤川桂だった〟？

なにを言うてんねん俺は。猫やん。藤川桂どころか人ですらない。見間違えるわけあらへん。そんなに正気を失ってんのか？

その猫は、片方の口元が赤黒く裂けている。だがそれ以上に瞳が印象的だった。まん丸い、ビー玉のような透き通った……複雑な光を放つ瞳だった。

そうか、藤川桂の人相にそっくりだから猫を見間違えたのか。ひとり胸の中で合点がいくと、たちまち意識が明瞭になってくる。あの猫は間違いなく梅丸だ。

「どうしたん、黙って」

「いや、大丈夫。行こか」

結局、二周ほど回ったがそれほどじっくりと見られなかった。ハロがいて助かった面もあるが、ひとりのほうがゆっくり観察できたかも……と少々後悔する。

「そうや、最東さんと撫子夜凪取材するから、詳しい友達に聞いてみてん」

「友達？　なにを聞いてくれたん」

「うん。撫子夜凪で遊んだりしてた友達に、ここにまつわるなんかおもろい話ないかなって」

「えっ、それで？」

撫子夜凪から離れ、駅へ向かう道中、思いがけないハロの話に思わず前のめりになった。ハロはどうしてか、やや困った調子で語ってくれた。

怪談

或る原稿

撫子夜凪には二十分と三十分のコースしかない。それ以上の時間も応相談ではあるが、基本的には三十分より長くは受け付けていないという。

とはいえそれも随分《ずいぶん》前の情報で、今もそうかと問われればどうかわからない。

だがこの話を教えてくれたハロの友人は「そんでも多分今もそうちゃうかな」と語った。

撫子夜凪が二十分と三十分しかないのは、客とホステスが無駄話をしないためだという。プレイが済んだらさっさと帰れ、ということらしい。

忙しい夜にはホステスひとりあたりの回転数を上げたいという狙いもあっただろう。それに狭苦しい撫子夜凪では三部屋も埋まれば満室で客を揚げられない。遊廓のように『廻し』があればとりあえず揚げて待たせるという離れ業もできるだろうが、そうはいかないのである。

さっさとプレイさせて、ぺちゃくちゃ喋らせる前に次の客を揚げる。そのためには二十分と三十分がもっとも効率的かつ生産的なのだ。多くの男は二十分で安く早く終わらせるが、三十分だと満足感が増すような気がするらしい。やる前は口をそろえて時間を延ばしてくれと言ったとしても、終われば二十分だろうが三十分だろうが満足して帰っていくのだ。

結局のところ土地柄と撫子夜凪のシステムは相性がいいのだろう。

しかし、そうは言っても時折は話す余裕ができる客が現れる。要は〝早い客〟だ。せっかく三十分で揚がったのに、ものの五分で果ててしまったら二十五分も余ってしまう。連戦できるならホステスとしてもそっちのほうが楽かもしれないが、多くは一発で打ち止めだ。残り時間は裸で寝転んで話をするくらいしかやることがない。

撫子夜凪のホステスはとにかくこの時間を嫌った。

客と話すことが嫌いなわけではなく、話さなければならないことが設定されているせいで憂鬱なのだ。

それはホステス自身の『身の上話』である。

客から聞かれた時のためにあらかじめ答える内容を用意しておく、という風俗嬢の話はよく聞く話。昼間の仕事だとか、出身、家族のことやペットのこと、はたまたセックス事情など。こう聞かれたらこう答えるというマニュアルのようなものがある。

大抵の場合、それは経験を重ねていきながら、自分で設定を作り上げていく。

だが撫子夜凪のホステスにはどういうわけか、客と会話になった際に用意されている身の上話があり、それを必ず話さねばならない規則になっているという。

これはホステスが入店する際、まず最初に教えられる。

これを覚えることが入店の〝絶対条件〟なのだ。どの店もホステスがそれをそらで言えるようになるまで決して店には出さない徹底ぶりだという。店によって違うわけではなく、撫子夜凪でひとつの身の上話を共有している。

今では普通に自身の話をするホステスもすくなくないらしいが、それでも入店時に叩き込む店はあるらしい。

そもそも在籍するホステスがみんな同じ身の上話をするというのも無理がある話だ。だが、元をたどればこれは、撫子夜凪全体で女の子を守ろうという取り組みのひとつでもある。同じ身の上話をさせることでホステスのプライベートにかかわるのは厳禁だと客に知らしめることができるからだ。もともと遊廓で遊ぶ男というのは粋でないといけなかったという歴史もある。嘘だとわかっていても聞き流せる器量が粋だという名残だ。

その友人は常連というほど遊んでいるわけではないが、交友関係の中には夜凪が好きで通い詰めている者もいるという。また聞きで申し訳ない、と前置きしたうえでそういう知り合いから聞いた話を語ってくれた。

もう二十年以上も前の話。

ある時、知り合いは撫子夜凪に通い詰めている常連と親しくなった。意気投合し、居酒屋で飲みながらどの店のホステスがいいとか、そんな下世話な話で盛り上がっていた。

そして、ふと例の撫子夜凪における身の上話に話題が及んだ。

『ああ、それな。気になるやろ？　でもどんだけ嬢に聞いても無駄やで。みんな店のやつに客から聞かれたらこう答えろって言われてるだけで、話の意味とか知らへん』

だったらその身の上話は一体誰の話なのか。もしかして創作なのか、と訊ねた。

『どうやろうな。捏造《ねつぞう》ならそれはそれでまあわかるし。いわばトラブル回避やろ、嬢の素性隠すにはボロ出させんことが肝要やしな。それなら、みんなおんなじこと喋らせといたほうが手っ取り早いやろ。よう考えられたシステムやなぁ、って俺なんかは思うけどな』

でもな……、と常連の男は声のトーンを一段低くして人目を気にしながら付け加えた。

『あの身の上話な、どうも捏造やのうて〝実際の、誰かの話〟らしいねん。ほんまにおった、どこぞの嬢の話やと。まあ……訳ありやっちゅう話や』

身の上話の元となったホステスはとある殺人事件にかかわっていて、夜凪の偉い人が血眼になってそのホステスを今も捜しているのだという。

殺された被害者と撫子夜凪の偉い人になにか関係があるのかもしれないが、訪れた客が件の身の上話に反応を示すと、組合の者がすっ飛んでくるらしい。

常連の男はその後、死体となって発見された。

男が死んだのは作業中の事故だった。男は建築工事の職に就いていて、とある建築現場で資材の下敷きになったのだという。

撫子夜凪から歩いてほどないところに立ち飲み屋がある。客はここで時間を潰したり、終わったあとに寄ったりする、知る人ぞ知る撫子夜凪客のコミュニティのような店だ。

その当時、立ち飲み屋は常連の男が死んだ話でもちきりだった。

『かわいそうな事故やけど、建築現場で資材に下敷きになるっちゅうのは、変な話想像できる事故やん。別に考えられんような事故ちゃうねん。もちろん顔見知りが死んだんやから大騒ぎなわけやねんけど、何人かの客はなんとも言えん顔しよって、おっちゃんの話したがらへんねん』

故人の話をしたがらないというのはわからなくもないが、『そういうことやない』と知り合いは言った。

『不謹慎やとかそういうのんちゃうくって、なんか怖がってるような感じやった。さすがにそれに気づいた他のおっさんが沈んでる男をつかまえて「なんやお前辛気臭い顔しよってからに、そんなんやったらあいつも浮かばれんど」って揶揄ったねんな。そんだら顔青うしとったその男がぼそっと変なこと言うたんや』

その男は死んだ男と同じ建設会社に勤めていた。事故が起こった時は違う現場にいたので、会社は同じでも男の死とは無関係だ。だがその男は店にいた他の男たちの知らないことを語りだした。

『聞いた話やねんけどあの人……現場で首吊ろうとしたんや。けどそれを現場の作業員に見つかって、逃げた挙句積んであった資材を自ら崩すようにして突っ込んで……』

自殺だった、と言いたげだった。

たちまち店内はしんと静まり返り、なんとも言えない厭な空気が漂ったのだという。

だが、話はここで終わらない。

また別の日、知り合いが店を訪れると壁に妙な貼り紙がしてあることに気づいた。

『これがまた気持ち悪うてな……。他の客も気味悪いんか、その貼り紙を避けるようにしてそこだけ空いとんねん。なんや思うて近づいて見てみたら、ほら原稿用紙あるやろ。芥川龍之介《あくたがわりゅうのすけ》とかが書いてそうなマス目の。あれにびっしりとなんか書いてあんねん。なんや思うてママに聞いたら、死んだおっちゃんの部屋から見つかった原稿らしくってな……』

遺族が持ってきて『読んでください』と言って渡してきた。ママはそれを読み、よくわからないと伝えると、それを持ってきた遺族は『もっとちゃんと読んでください』と迫ったという。

それでもわからないと答えるとその時は引き揚げたが、また数日後に来て同じことを要求したという。

だが何度来られても同じことの繰り返しだ。わからないものはわからない。すると遺族は『だったら客にも読ませてほしい』と頼み込んできた。

鬼気迫る様子に断り切れなかったママは、遺族の了承を得て客の目に入るよう原稿を壁に貼ったのだと話した。

しかし、いつまでも貼っているわけにもいかないので、一週間くらいという条件を出すと遺族はそれを受け入れた。『一週間後に取りに来るのでその時にこの内容に心当たりがある者がいたか聞く』と言って去っていった。

『気持ち悪い話やろ？　まあこんな話や』

と、唐突に友人の話はここで終わる。実に後味の悪い、もやっとする話だ。

結局、その原稿はどうなったのか。原稿の内容はなんだったのか。わからないことだらけで複雑な顔をしていると、友人はすべてを察している様子で『それでな』と続ける。

『そのあとでその知り合いが店に行ったんやて。立ち飲み屋にあるっちゅうて、付き合わされたんや』

常連の男が死んでからもう何年も経っているというのに、その立ち飲み屋には今も例の原稿が壁に貼ってあるのだという。結局遺族は取りに来ず、剝がすとなにかが起こりそうでそのままにしてあるらしい。

『さすがにそこだけ客が避ける、っちゅうことはもうないみたいやけど……実際読んでみるとあれはヤバイな。なにがヤバイってあれ……』

原稿の内容は、死んだ男が話していた〝撫子夜凪に伝わる『身の上話』〟だった。

どんな内容だったのか訊ねたが、『なんやったかな』『忘れてもうた』などとはぐらかされ、教えてもらえなかった。

あやめの章

菖蒲夜凪……和歌山県にある夜凪。元は私娼窟で開業は昭和初期。戦時中に重宝された遊里で夜凪となったのは赤線以降。交通の便の悪さは夜凪中随一で、そのうえ見つけにくい。エリアこそ菊夜凪より広いものの営業している店はわずか三軒。コの字形の夜凪だがかつてあった建築物もほとんどが取り壊され、住宅や介護施設などが新しく建っている。大門は二か所あり、こちらは撤去されることなく現存しているが経年劣化は避けられず『菖蒲夜凪料理組合』の看板は割れ落ち、半分が辛うじて付いているという朽ちっぷりである。売防法以降加速度的に衰退し、在りし日は六十軒以上が張店を営んでいたが、今では敷地も当時の半分以下に縮小した。在籍しているホステスは年増だがサービスは良し。三十分一万円。

佐々木とササキ（仮）

最東対地さま

大変お世話になっております。文芸第一編集部の佐々木和仁と申します。

本来でしたら「はじめまして」とご挨拶するところではありますが、複雑な事情を鑑《かんが》みまして省略させていただきます。

私の名を騙る何者かの依頼とはいえ、弊社のために原稿を書下ろしていただきありがとうございます。未完成の原稿とのことですが、大変面白く拝読いたしました。

夜凪……興味深いですね。現在もそういった場所が八つも存在しているという点が面白いです。原稿を拝読しまして、未知の世界を詳しく知ることができました。

ただ、土地柄的にセンシティブな部分があることも否めません。大きく修正をしていただく必要が出てくるかもしれませんが、それでもよろしければ刊行について前向きなご相談をさせていただければと存じます。

さて……最東さんとやりとりをしておりました佐々木、混乱しますので「ササキ（仮）」とカタカナ表記にいたします。

ササキ（仮）の件ですが、気になることが判明しました。ついては一度顔合わせも兼ねましてお

目にかかれませんでしょうか。ご都合のつく日がございましたら、その日に鬼島と大阪まで伺おうと思っております。

直接、お会いしたうえでお話しできますと幸いです。

ご検討のほど、何卒《なにとぞ》よろしくお願いいたします。

佐々木拝

この佐々木が本当の佐々木で、よく知る佐々木はササキ（仮）と呼ぶ……頭がこんがらがってきた。そうは言われても『佐々木』と聞けば浮かぶのはあの佐々木だ。

あの佐々木？　どの佐々木だ？　佐々木って、誰やったたっけ――？

叫びだしそうになりながら冷蔵庫に飛びつくと、度数の強い缶チューハイを二口で飲み干した。口から垂れた酒を手で拭い、缶をゴミ箱に投げ捨てる。

既に缶で山になっているゴミ箱に入りきらず、こぼれた空き缶が床に転がる。それを見て一体誰がこんなに飲んだのか、こんなに散らかしたのかと憤りを感じた。すぐにそれが自分だと気づき、啞然《あぜん》とする。いつからこんなに朝も夜もなく飲むようになったのか。転がる空き缶が震えるようにして動きを止めた。その瞬間、言葉にできない恐怖感が襲った。このまま酒を飲み続けて、自分でも気づかないうちに死んでしまうのではないか。平常ならバカげた妄想だと一笑に付すのに、とても笑う気になれなかった。もはや、自分が自分でない気がする。ならばこの自分は一体なんなのか、誰のものなのだろうか。

冷蔵庫の扉にもたれ、へたりこみながら重い頭を持ち上げた。壁掛け時計をぼんやり見るが何時を指しているのかよくわからない。頭が働かなかった。シャツの首元から酸《す》い臭いがする。……いつから風呂入ってなかったっけ？　前は起きてすぐに風呂に入るのがルーティンだったのに。

意味不明の出来事ばかりが起こり、私は精神的に参っていた。

あれからハロもいなくなってしまった。

彼が上梓したある作品が盗作の疑惑をかけられ、世間から大バッシングを受けたのだ。版元がHPや公式SNSで謝罪する騒ぎとなり、本も回収になった。当初こそ盗作を否定していたハロだったが、ある時を境にパッタリと発言しなくなり、そのまま連絡が取れなくなってしまった。SNSやネットで彼の痕跡を探すが、出てくるのは呑気な読了レビューと盗作についての辛辣《しんらつ》なバッシングばかりで有益な情報は皆無だった。浜野ロイドというひとりの作家がある日突然、跡形もなく消えてしまったのだ。

これも、『花怪談』のせいなのだろうか。

あり得ないと思い込もうとするほど酒量が増えた。もうまともではいられなくなっていた。ザルを公言していた私はどこにもいなくなり、ここにはただ四六時中酩酊《めいてい》状態の男がいるだけだ。

――いや、違う。全部、俺のせいや。

自責の念に内臓が捻《ね》じ切れそうになる。ハロに謝りたい。会って、床に頭を擦りつけて、泣きながら謝りたかった。

そして、おそらくはこの世で私ひとりだけが唱えているこの言葉をハロに宣言したい。

〝**お前の作品は、盗作元とされている作品と耳たぶほども似ていない**〟と。

あまりに自分の主張が他の評価と食い違うので、酒で頭をやられてしまったのかと思った。だから私はふたつの作品を読み比べた。似ているところを探そうと、躍起になって何度も何度も読んだ。しかし読めば読むほどわからなくなった。

ハロの本は時代もので盗作元とされる本はSF。片方は戦国時代もの、とある将軍に嫁いだ姫君《ひめぎみ》が軍師となる物語で、盗作元の舞台は近未来のアメリカ。生きている動物に憧れ、自らの体に改造を重ねるアンドロイドの物語だ。ハロは日本の作家で、盗作元はアメリカ人作家。ストーリーの面でも類似性は一切感じられない。それなのに世間ではどういうわけか〝瓜二《うりふた》つだ〟とハロを罵倒している。

このままだと私のほうがおかしくなってしまうと思った。そうしてさらに酒に縋ったのである。

何者かわからないササキ（仮）なる人物。灰色らんぷ。浜野ロイド。『花怪談』にかかわった人間がどんどんおかしくなり、いなくなっていく。

たまらなく恐ろしい。次は自分の番だ。……そうとしか思えない。次に消えるのは間違いなく、私だ。恐怖から逃れるためには酔うしかなかった。私はただ、怖い。

「おしゃれなコートですね」

コートを脱ぎかけたところで鬼島に声をかけられた。

「ああ、どうも……」

脱いだコートをふたつに畳み、横の空席に置いた。

「インバネスコートですか。帽子もいいですね、まるで昭和の文豪だ」

感心したようにしげしげとコートを見ている。なんだかそれが無性に気持ち悪くなって、重石代《おもし》わりに鞄をコートの上に置いた。

某日、約束通り佐々木は鬼島を伴い大阪にやってきた。待ち合わせたホテルのカフェで鬼島と並んで深く頭を下げ、今回のことを謝罪された。

どうして謝っているのか戸惑っていると、直接かかわっていないとはいえもっと緊密にやりとりをしていれば未然に防げていたはずだ――と佐々木と鬼島はつむじを見せる。

頭を上げるように言って、ようやく佐々木と名刺交換をした。

〝佐々木和仁〟。

よく知る名前がそこにあった。だが目の前にいる佐々木は、私が知っている佐々木とは似ても似つかない全くの別人だ。本当の意味で顔と名前が一致しない。

「顔色がお悪いようですが、大丈夫ですか」

「ええ、寝起きなものでして」

条件反射でつい嘘を吐いた。本当は二日酔いだった。ここのところ毎日この調子なので、愛想笑いで「お恥ずかしいですが」などと付け加える余裕もない。初対面の佐々木にはさぞ、印象が悪いことだろう。

「そうですか。それで……早速なのですが、佐々木を騙った人物について」

鬼島が切り出すと、佐々木がいそいそとラップトップを鞄から出した。

「弊社が主催しております日本ミステリー文芸大賞をご存じでしょうか」

「ええ、そういうものがあるということは」

「恐縮です。当賞には新人賞を併設しておりまして、毎年ここから新人作家が生まれています」

鬼島がそう言って目配せをすると佐々木がラップトップをくるりと回し、画面をこちらに向けた。

「毎年、応募してくる人物がいるのです」

「そりゃ……そういう人はいるでしょう」

「ですが、それがもし、当新人賞の設立初回からだと聞けばどのように思いますか」

「えらい情熱やな……としか」

佐々木は画面をゆっくりとスクロールした。

「この〝夛川灰汁《たがわあく》〟という人物をご覧ください」

画面には表があった。第一回から最新の第二十七回までの応募者名簿。その中から夛川灰汁を抽出し、手際よくまとめあげた。

「これは……」

ずらっと並んだ、第一回から最新回まで毎年夛川灰汁が送り続けた原稿。それらはすべて『梅丸事件』というタイトルだった。

「なんなんですかこれ！」

目に飛びこんできた〝梅丸〟という名前に場をわきまえない大声が出た。

動揺と混乱で喚き散らしそうになるのを鬼島がなだめる。素面だったのが幸いし、なんとか思いとどまれたが、動悸で息苦しかった。深呼吸をしてから改めて『梅丸事件』なる原稿について聞いた。

「……もしかしてこれ、毎年同じ原稿を送り続けてるってことですか」

「その通りです」

「へえ……それは根気強い」

いくら自信があったからといって同じ原稿を送り続けるというのは熱心とか執念という言葉よりも往生際が悪すぎるし、ただの嫌がらせという疑いもある。

「中身はどうなんですか。毎回改稿しているんでしょ？」

佐々木は無言で首を横に振った。だが目は伏せず、こちらを見つめたままだ。なにかを訴えているのか、そのまなざしは強い。

「この原稿はそもそも募集要項を満たしていないんです。千二百字の梗概《こうがい》が入っていないし、なによりも手書き原稿なんですよ。いまやどこの文芸公募賞もそうですが、現在弊賞は手書き原稿を受け付けていません。枚数も足りませんし、めちゃくちゃなんです」

「気味が悪いですね。何が目的なんでしょう」

「もはや、送られてきても読みませんし、やめてほしいんですけどね」

鬼島が苦笑いした。

「そういうことなら本人に伝えてやればいいんじゃないですか」

「それが毎度住所も名前も記載されていないので、連絡の取りようがないんです。まさにただ送り付けてくるだけ」

届いても読まずに選考期間のあいだ保管して、のちにシュレッダーにかけているという。鬼島はそのように説明しながら鞄から封筒を出した。中身を見なくてもなにが入っているかわかる。

「よろしければ、ざっと読んでみてください」

「えっ?」と間抜けな声が出た。ただでさえ頭痛でしかめ面なのに、字なんて読めるもんじゃない。なんとか読まない言い訳を探している私をふたりの視線が射貫《いぬ》く。

「じゃあ……すこしだけ」

眼光の迫力に負けた。ひとりならともかく、ふたりからそのように睨みつけられると読まないわけにはいかなかった。溜め息を押し殺しながら封筒の中身に手を付けた。

「うわ……」

中の原稿を取り出して思わず声が漏れた。口元を押さえ咳払《せきばら》いでごまかす。原稿は全体的に黄ばんでいて、あちこちが茶色く汚れている。書きなぐったような字が原稿用紙の上で暴れていた。

「読みにくい……ですね」

二日酔いには最悪な原稿だ。活字でもきついのに手書き文字とは。ふと、原稿を持っている親指が汚れていることに気づき、原稿をテーブルに置いて親指を確かめるが汚れていなかった。不審に思って原稿に目を戻して、錯覚した理由を知る。原稿を受け取った時の親指の位置が、別の指の跡で茶色く汚れていたのだ。何者か、おそらくは芎川　某《なにがし》の指だろうことが透けて見え、背筋にぞわりと悪寒が走る。

「内容がざっとわかれば結構です」

「はあ……」

それにしてもこの乱雑な字、なんだか見覚えがある気がする。すこしの間、考えるがわからなかった。字が躍りすぎていて読めないところは飛ばしながら、なんとか一枚、二枚とめくっていく。妙に言い回しが古かったり、『いう』が『いふ』になっていたりして詰まるところもあったが、そのうち気にならなくなっていく――が、

「これってあの……」

顔が青ざめていく。いや、血の気が引いていくというのが正しい。瞳はまばたきを忘れ、どんどん瞳が乾いていった。頭痛と気分の悪さを残したまま酔いだけが醒めていく。自分の体から血が抜けていくような寒気は、とにかく不快だった。

「これは一体――」

「最東さん」

言いかけた口を塞ぐようにして佐々木が言葉を被せた。威嚇された猫のように体が強張る。

「『花怪談』とこの『梅丸事件』は似ていますよね」

「そっ、そうですがでも俺は……あ、あの僕は」

口の中が乾きねばついてうまく発語できない。落ち着かねばと思い水を飲むが、余計喉が張り付く感じがした。こんがらがった感情や思考が全身をうねり、なにがなんだかわからない。

どうして――どうしてどこの誰が書いたかわからないこの原稿が『花怪談』と似ているのか。

いや、似ているという次元ではない。言い回しや文体、時代背景などの齟齬《そご》はあるものの、ストーリーラインはほぼ同じだ。

「こ、こんなこと……あり得へん」

『梅丸事件』は八つの怪談が収められた短編集だった。『花怪談』のように章の前段にルポ風のパートはなく、純粋に怪談を並べた短編集である。その怪談の一編一編が酷似しているのだ。

決定的に違っているところもある。『梅丸事件』では九つの夜凪を題材にした怪談があり、一番最後の『梅丸といふ娼妓』は『花怪談』にあるものとは違う。しかもどこの夜凪が舞台か明示されていないため、どこをモデルにしたのかは読み取れなかった。ただ、関東が舞台のようだ。この当時は、九つ目の夜凪があったのだろうか。それも関東に（ほかの八つは舞台が関西だった）。

何度か書いている通り、集めた怪談の中から私自身が夜凪にまつわる怪談を選出した。過去になんらかの形でこの原稿を読んだことがあったなら別だが、自分で選んだ怪談が㝷川某の原稿の内容と一致するわけがない。驚きよりも戦慄《せんりつ》が凌駕《りょうが》した。正体のわからない、何らかの不思議な力が働いているとしか思えなかった。

佐々木がこの原稿を懐疑的なまなざしで私に見せてきたのはそういうことだったのだ。

「盗作なんてしてません！」

脳裏にハロの災難がよぎる。盗作で大変な目に遭った挙句、いなくなってしまった作家仲間。自分もそうなってしまう未来がちらちらと見え隠れする。

「いえ、誤解しないでください。盗作を疑っているわけではありません」

慌てて鬼島が遮った。

「最東さんは『梅丸事件』を書いた、この歹川灰汁なる人物をご存じですか」

ようやく佐々木が口を開いた。だが声は低く、射貫くようなまなざしは変わらない。心の奥を探られているようだ。

「いえ……さっぱり」

「私を騙った〝ササキ（仮）〟とは思えませんか」

聞いた瞬間、総毛立つ思いがした。耳たぶをつねりあげられたような不快感を伴う衝撃。目を見開いて固まる私を見て佐々木は続ける。

「私はそう見ています。『梅丸事件』を書いた歹川灰汁は最東さんに近づき、私こと佐々木を騙り『花怪談』を書かせた」

「い、いや、なに言うてるんですか。そんな、それこそ小説みたいな話……。これ現実ですよ？」

ははは、と私の乾いた笑いが宙を彷徨《さまよ》う。ふたりは笑わなかった。

「もし……仮に、仮にですよ、佐々木さんが言うように歹川灰汁が偽ササキだとすれば、どういう経緯だったにせよ『花怪談』は盗作と言われても仕方がないほど似てしまっているということになります。そんな危ない原稿を本にするなんて、どうかしてますよ。あ、そうや。あれでしょ、本にするって安心させといたほうが話しやすいって……そう思ったんちゃいますか」

編集部は最初から『花怪談』を本にする気はないが、夛川灰汁の正体は知りたい。そういうことだろう。どういう理由で私に『花怪談』を書かせようとしたのか、その意図を知りたい。

もう、そういうことでいいじゃないか。

「もういいです。原稿は引き揚げますし、これを世に出すことはありません。なんか、これにかかわってからろくなことあらへんのですよ。ここらが潮時やと思うんです」

「最東さんには是非、その原稿を最後までご執筆いただきたい」

「はあ?」

声が裏返ってしまった。

なにを言っているのか理解できない。出すも地獄、出さぬも地獄。どんな形であれ、これ以上は進めないほうがいいに決まっている。

「『梅丸事件』の作者は故人です」

「そりゃ個人でしょ、法人なわけないやないですか」

「落ち着いてください。その個人ではなく、死者のほうですよ。『梅丸事件』の作者はもう死んでいると申し上げているんです」

代わりに鬼島が答え、その間に佐々木はラップトップを操作している。

「意味がわからんのですけど」

次から次へと出てくる新事実の連続に、発する言葉が崩れていく。なにもかも意味不明だ。ただ情報を突きつけられるまま、驚いたり怯えたり叫んだりして、我ながら情けなくなってきた。

「『梅丸事件』はそもそも昭和十五年、とある文芸誌に寄稿された原稿です」

「これ全部?　多ないですか?」

「手書き原稿なので分量が多く感じますが、実際は見た目ほどではありません。怪談だけなのでせいぜい『花怪談』の三分の一くらいではないでしょうか」

「はあ……」

「作者は邊見寛《へんみひろし》、筆名か本名かは不明で、『梅丸事件』の元原稿は八十年以上前のものです。しかも作者は出自不明。現在の最東さんの原稿は〝梅丸というホステスの謎に迫る〟という実話ベースが主たる話しですので、『花怪談』そのものは非常に可能性を感じるというのが、私と鬼島の私見です」

「『花怪談』の企画は続けろ、と」

「あくまで最東さんのお気持ちひとつですが」

不自然な話だと思った。

この得体の知れない原稿を、この期《ご》に及んでまだ書き続けなければならないのか。

「すこし考えさせてください」

このあと食事でも、と誘われたがそんな気になれるはずもなく辞去した。

そのあとの数日、『花怪談』をどうするべきか自分なりに考えてみた。あの時は混乱していて冷静な判断ができなかったが、自分が書いたものが八十年前の小説に酷似するなどということはあり得るのだろうか。しかもそれを別の人間が新人賞に応募し続け、さらにその人物が売れないホラー作家をそそのかして新たに原稿を書下ろさせた？

我々小説家は常に〝似てしまう〟ことを恐れている。

盗作など言いがかりも甚《はなは》だしい。

そうだ、『花怪談』には〝梅丸を追う〟という肝心要《かなめ》の縦軸があるではないか。それがある限り、誰がなんと言おうと盗作だなんて言わせない。だからこそ、ちゃんと完成させてから、もう一度しっかりと『梅丸事件』について考えるべきだと思った。

最後の夜凪、和歌山へ

和歌山は近い。大阪からだと高速道路に飛び乗ってほんの二時間で紀国《きのくに》だ。阪和《はんわ》自動車道を降り十五分ほど走った、国道沿いのなんでもない場所にそこはあった。八つある夜凪の中でもっとも異質で、残存している店も少ない。壊滅まで秒読み状態なのがここ菖蒲夜凪なのだ。

灯が消える前に訪れておかねばならない。

「それにしても……なんもないな」

誇張でもなんでもなく、本当にどうという特徴のない景色である。一車線の国道とまばらな交通量。寂れているとも言えるが、単に田舎だというだけなのかもしれない。

住宅と月極《つきぎめ》駐車場、そして飲食店がちらほらある。たったそれだけの場所に夜凪はあった。【菖蒲夜凪料理組合】……と、書いてあったのだと思う。

大門にあたる入口のアーチは経年による劣化で朽ちかけ、看板は無惨にも割れて半分落ちており【菖蒲夜】としか読めない。おそらくその後に【凪料理組合】と続いていたのだろう。

この入口のアーチを見るだけで、菖蒲夜凪がどのような状態か察しがつく。そのつもりでいなければこのアーチすら見落としてしまうだろう。

しかし、いまも続いている。虫の息かもしれないが、いまも夜凪としてしっかりと生きている。

ここへ来るまで二時間かかったが、菖蒲夜凪を回りきるのには五分もかからないだろう。なんだか割に合わないが何周も回るわけにはいかないだろう。

意を決し、アーチをくぐった。

アーチをくぐった先にあったのは、一本の狭い道だった。

進んでいくとすぐ右手に赤茶一色に錆《さ》びたトタン波板で養生された古い家屋と築浅の新築住宅が仲良く並んでいる。古い家屋のほうは空き家なのか、人の気配はなかった。もしかすると昔は張店だったのかもしれない。

左手には広い駐車場とガレージ、真新しいハイツが並んでいた。ここが夜凪だったなんて悪い冗談だろうと笑いたくなる。むしろ看板は割れていてもアーチがそのまま残っているだけでも喜ぶべきだと思った。

突き当たりを右に曲がると一軒の古い家屋と、四角く白い【ピンクタイガー】という屋号を記した看板が明かりを灯していた。完全に壊滅しているかのように見えても、営業している店があるようだ。真冬の風が、より一層寂しく見せる。

通行人を装い、店の前を通り過ぎると赤いネグリジェを着た女が目に入った。骨ばった肢体と皺の上から塗り重ねた厚化粧でずいぶん高齢だとわかった。寒そうに手をこすり合わせ、タバコを咥えている。

他の——例えば椿や櫻のような大型夜凪ならばゆっくりホステスの顔を視認できるし、なんなら手だって振れるが【ピンクタイガー】の女と目を合わすのはなんだか怖い。こちらの思いを見抜いているかのようにネグリジェの女は思わせぶりに笑い、紫煙をくゆらせた。

【ピンクタイガー】を通り過ぎ、角を曲がる。コの字形に展開している菖蒲夜凪はさらに次の角を曲がって通りを直進すれば終わる。ゆっくり歩いても五分とかからない。

板の壁や欄干が黒く変色した空き家が目に入る。向かい合わせに同じような家屋があるということはおそらくここも在りし日は張店だったに違いない。もはや息を吹き返すこともなく、ただ静かに朽ちていっていた。

その先を行くと二軒続けて明かりが灯っている看板の店があった。

なるほど、この二軒とさっきの【ピンクタイガー】で三軒か。これですべてとは確かに寂しい限りだ。だが明かりが灯っている割には二軒ともホステスらしき女性は見当たらなかった。遣りて婆と思《おぼ》しき中年女性が石油ストーブの前でパイプ椅子に座って暇そうにスマホをいじっているが、もしかして遣りて婆兼ホステスなのだろうか。

椿の高専《こうせん》通り（高齢ホステス専門の張店が並ぶ通りの通称）ではホステス兼遣りて婆は割と主流だと聞いたことがある。ここも同じなのかもしれない。

看板の【組合】の部分だけが残ったアーチが見えた。あれが出口（入口でもある）だ。

【菖蒲夜凪料理組合】とでかでかと掲げるくらいなのだから、菖蒲夜凪は料亭だ。基本的にホステスは各店にいるはず。【ピンクタイガー】の女がその証拠だ。

だが菊夜凪のように店の三和土《たたき》まで入らないとホステスの顔が見られないケースもある。

うーん……、どの店も中に入って確認するにはハードルが高すぎる。

出口側のアーチから、あっという間に一周してしまった菖蒲夜凪を振り返る。こちら側から逆にもう一周してフィニッシュ、とするしかなさそうだ。帰りも二時間かかることを思えば往復四時間、菖蒲夜凪滞在五分である。実際にこの目で確かめたという点では充分元は取れたと言えるが、物足りなさは否めない。

とは思うものの、さすがにこの三軒のどれかに突撃する度胸はない。

時刻は十七時前。すこし薄暗くなってきた。せっかくなので二周目は夜を待ってからにしようと決めた。すこし歩いたところにラーメン屋があったことを思い出し、そこで食事を摂りながら、暗くなるのを待つことにした。

夜凪の幽霊

「いらっしゃいませー」

入口で手指にアルコールを吹きかけ、手を揉《も》み揉《も》みしながらカウンター席についた。

客はまばらで先客は二組ほどだった。

「ご注文はお決まりですか」

「ええっと、じゃあこの紀州梅ラーメン……唐揚げセットで」

「はい、ありがとうございます」

若い女性店員がマスク越しに厨房にオーダーを伝え、威勢のいい声が返ってきた。中で麺を茹《ゆ》でている男はただでさえ暑そうなのにマスクで余計に息苦しそうだ。

「おわっ、コートだ」

「声でかいってお前」

おっと、と後ろでまごつく声が聞こえた。先に注文をしてから着ていたコートを脱いでいる時だった。

コートがなにか珍しいのか？　それともコートになにか付いているのだろうか。

脱いだコートの裏表を確かめるが別に目立ったところはない。

怪訝《けげん》に思い、後ろを振り返ると一瞬だけ若い男と目が合ったがすぐに目を逸らされた。ふたり組の男だった。

「おまたせしました～」

男たちが座っているテーブルに料理が運ばれてきたので顔を戻した。背中で彼らの麺をすする音を聞いているとしばらくして、「ほら、声がでかいって言っただろ」「ごめん」と小声で話しだした。喋り方で関西の人間ではないとわかる。そういえばさっき振り返った時、テーブルの端に自撮り棒が見えた。どうしてこんなところに自撮り棒を持った若い男がいるのだと疑問だった。

若者が興味のありそうなことなどこの辺にあるだろうか――と考えたところでハッとした。

まさか菖蒲夜凪が目当てか。

そういえばここ数年、夜凪の潜入動画を多く見かける。そのほとんどがただ夜凪を周回してこそこそと実況しているだけだが、中には実際に揚がって中を盗撮・盗聴するケースもあった。

まさに金木犀夜凪で目の当たりにした地域住民の悩みの種がそれだ。

「一昨日《おととい》から多くないかコートの人」

「冬なんだから別にコートなんか珍しくないだろ。考えすぎだって」

「珍しいよ！　普通のコートならまだしもあんな変なコート……」

「関西できっと流行ってるんだよ。しつけーな」

またコートの話をしている。

だが話の内容から、このコートが珍しいだけなのだろう。

……コートが珍しい？

そういえば鬼島もこのコートのことを言っていた。そんなに珍しいだろうか？　考えるほどによくわからなくなってきた。そもそもいつからこのコートを着はじめたのだったか。去年までこのコートは持っていなかった。一体、いつどこで買ったものだったか……思い出そうとすると霞《かすみ》がかかったように頭の中がぼやけ、うっすらと真っ白い肌の女が現れる。妖しく艶めかしく潤んだ唇と傷。見蕩れているうち、なにを考えているのかわからなくなった。

「おまたせしましたー」

目の前のカウンターにラーメンと唐揚げセットが運ばれてきた。コートについての思考が中断され、唐揚げの油っぽい匂いが立ち上ってくる。私はラーメンをすすりながら、背中越しに後ろのテーブルの会話に耳を傾けた。おかげでラーメンの味はさっぱりわからない。

「それに帽子だって……川崎であんなの見たことない」

「そうかもしんないけど気にしすぎだって。関西じゃああいうのが流行ってるんだろ」

話を聞いているとどうも片方の男は異様にコートを着ている人間に警戒しているらしい。声から伝わるわずかな怯えがそれを物語っている。

「でもさ、夜凪以外で見てないぞ……あんなの」

「聞こえるって、やめろよ。それにここは夜凪じゃなくラーメン屋だろ。近いけど全然違う場所だ」

肩が跳ねそうになった。

彼らの口から『夜凪』という言葉が出たことに反応しそうになってしまったが、予想は当たっていた。やはり夜凪を撮影しに来たのか。

それよりもコートの話が妙に気になった。

「ごちそうさまでした」

ふたりが立ち上がる気配を感じ、慌てて箸で持ち上げた麺をすすり込んだ。ろくに嚙まず水でそれを飲み下し席を立った。料理はまだ半分以上残っていた。紀州梅ラーメンに後ろ髪を引かれる思いだったが、精算してふたり組の男を追った。

だが追うまでもなくふたりは菖蒲夜凪のアーチ前でスマホを構え、割れた看板を見上げていた。

「ちょっとええかな」

「えっ？」

ふたりはこちらに気づくと顔色を変えた。まさか話しかけられるとは夢にも思っていなかったのだろう。

「怪しまんといて。……俺も菖蒲夜凪を取材しに来てて」

「え、そうなんすか」

うなずいてみせるとすこしばかり気を許した顔になった。だがそれは片方の男だけだった。コートに異様な警戒をしていたほうの男は青ざめた顔を強張らせたままだった。

「君らはどうすんの？　俺は一周回っただけやけど、店揚がる気？」

とーぜんっすよ、と頼もしい返事が返ってきた。

「じゃあ、もしよかったら……あとで話できへん？」

「いや、でもおじさんと話するメリットないっすね」

「そうかな」

不遜な物言いは気にせず、名刺を渡した。

ふたりは名刺を見ても「作家?」「ホラー?」と顔を見合わせている。

「小説家なんやけどね、今は夜凪についての原稿を書いてんねん。それでこうやって足運んで調べてて……。夜凪は全部行った?」

「いや、椿と櫻だけっす」

「せやな、押さえとかなあかん二大巨頭やもんな。……やけどなんでそのふたつ行ったあとに菖蒲?」

「明日の朝、東京に帰るんで。迷ったんすけど、夜凪だとここが一番やばそうなんで、他のはまたにしてこっち優先で来たんすよ。あ、俺ら名刺とかないんすけどユーチューバーやってんすよ」

やっぱりか。

「そうなんや! 俺も結構見てるで、中撮ったりしてる強者《つわもの》もおって面白いよな」

こいつらはどっちだ……と探りを入れる。

店に揚がると言っていたので十中八九、盗撮するつもりのはずだ。ここで盗撮を窘めるような言葉を使うと避けられるだろう。細心の注意でもって言葉を選んだ。

「そうなんすよ! やっぱりこういうのって臨場感大事じゃないっすか。みんなが見たいもんを俺らみたいなのが危険を冒して提供するからバズるんすよ」

うんうん、とうなずいてやると、さらに増長し能書きを垂れはじめた。それを一通り聞いてやってから、

「俺は揚がってはないけど、大阪の夜凪は全部足を運んでるしホステスやったり遣りて婆やったり、関係者から話も聞いてるからある程度事情もわかるで。ネットには出てこんようなことも知りたいやろ？」

ネットには載っていないこと、とは蒐集した怪談のことだ。こいつらに話すのはもったいないが背に腹は代えられない。無論、梅丸の話は伏せる。

「マジっすか！　おいタケ、すげえいいじゃんこの話」

「え……いや、いいよ。夜凪の動画だってそんなに再生数いくとは思えないし」

「なに言ってんだよ、だからこの人の話がオイシーんだろ。わかってんのか、人と違うことをしなきゃダメなんだって」

タケと呼ばれた茶髪の若者はもごもごとなにか言っているが聞こえない。よほどコートを警戒しているのか、それとも私自身を警戒しているのか。あるいはどちらもか。

「ふたりとも揚がるつもりなん？」

「いや、タケはそんな度胸ないんで……。俺が行ってる間、一緒に待っててもらっていいっすか」

「勝手に決めんなよ、俺はまだ……」

「うるせーな、だったらお前が揚がれ！」

タケは「それは……」と口ごもった。どうやらふたりには明確な力関係が存在するらしい。黒髪で今どきのツーブロックで決めたほうはマサトと名乗った。しっかりと不織布マスクを装着しているタケと、迷彩柄のウレタンマスクを顎に引っかけているマサト。マスクの着け方ひとつで性格がよくわかる。

ふたりは『ワンインチ！』という名前でチャンネルを開設しているらしい。

さっきとは逆のアーチから、今度は三人で菖蒲夜凪を周回することにした。寂れているとはいえ、夜になるとまがりなりにも夜凪らしい景色になった。

二軒だけ並んでいる店からはしっかりと妖しいピンク色の光が漏れ、ここが普通の場所でないことを物語っている。

むしろ二軒しかないからこそ、色濃くそれが表れている。

「すげえ〜めっちゃ廃れてるじゃん。でもこの変な匂いが遊廓って感じ」

「変な匂い？」

「あれ、最東さん匂わないいっすか？　なんか、喩えようのない変な匂いですよ。でも厭な感じじゃなくって、エロい感じ」

「なんやそれ」

と言いつつ鼻をひくつかせるが何も匂わない。私の脇でタケもマサトに同調している。

「そんで、ここってどうなんすか？　どのくらい小さいんすかね」

「突き当たりの角を曲がって向こうの通りに出れば【ピンクタイガー】っていう店が一軒あって、それで終わりやな」

「コの字形の夜凪なのにあっちの通りには一軒もないんすか」

「せやな。アーチがあるだけであっちの通りは完全壊滅済み。アーチまでのウイニングロードやと思ったらえええんちゃう」

ははっ、とマサトが噴き出した。

「最東さんおもしれーっすね、うちの動画に出演してくださいよ」

「いやいや堪忍して」

「なんでっすか、おもしれーのに」

食い下がるマサトを躱《かわ》し、【ピンクタイガー】の前を通った。明るいうちに通った時と印象はほぼ変わらない。

店の中から赤いネグリジェの女がこちらを見て、控えめに手を振った。今度は直視することができた。思った以上に高齢だ……おそらく五十代、それも後半くらいか。

真っ白なファンデーション、遠目でもわかる派手なつけまつげ、男受けのしなさそうな真っ赤な唇、下品にこけた頬、猫の目、傷。目が合った。息が止まる。あれは〝梅丸〟だ。

「どうしたんすか、好きなタイプなんすか」

マサトの声にハッと我に返る。

「いや、そんなわけ……」

そう言いながらもう一度目を向けると、ネグリジェの女はスマホを見ながらタバコを吸っていた。猫の目も、顔の傷も瞬く間に消えている。なぜあれを梅丸などと見間違えたのか、我ながら理解に苦しんだ。

「俺、熟女芸人じゃねえんだけど」

マサトは嬉々として自撮り棒のスマホに向かって実況している。テンションの上がり方から、及び腰の心配はなさそうだ。

「えー、どうしよっかな〜。俺、あのおばさんで勃起するかな。戻って角の二軒のどっちかにしといたほうがいい気もするし」

そばでおずおずと「別に無理に行くことないと思うけど」とタケが頼りなさげに声をかけた。

「いいからお前は待ってろよ。あっそうだ、最東さんはどっちがいいと思いますか」

「どっちやろうな、わからんけど……【ピンクタイガー】のおばちゃんは結構ネットでは有名人みたいやで。菖蒲夜凪の生き字引的な存在らしい」

「そうなんすね、だったらそのおばちゃんのほうがおもしれーかな。いや、でもなにが出てくるかわからないってことであっちの角の店がいいかも」

よし決めた！　と叫び、録画状態のままスマホをポケットに入れマサトは角の二軒のうち、【牧《まき》】という店に向かい、力強くこちらに手を振ってから店の中へ消えていった。

「さて……どうしようか。この辺時間つぶせそうなとこなんもなさそうやけど」

「待ちますよ。ここで」

「ここでって、じっと立ってるつもりなん？　いくら三十分やっちゅうても立ってるだけやと長いで」

「最東さんはどうぞどこかで時間潰してください。俺はここで待ちます」

よほど私と並んで歩きたくないようだ。ここまで嫌われているとなんだか傷つくが、その理由が気になった。

「じゃあ、俺も付き合うわ。話でもしようや」

「いいですよ付き合わなくて。会ったばっかの人とふたりでいるよりひとりのほうが気が楽です」

「そんな嫌うなよ、別になんもしてへんやろ俺」

そうですけど……とすこしだけタケは気まずそうにした。

「それよりさ、さっきラーメン屋で会《お》うた時からずっと気になってたんやけど、なんでそんなにコートを警戒してるん？」

タケはハッと目を見開き、怯えるように肩をすくめた。

「ちょ、待ちいや。なんでそんな態度なんの？　さっきも夜凪でコートばっかり見るとかなんとか言うてたやん。俺はほんまに変なやつやないし、売れてないけどちゃんと小説家やで。疑うんやったらネットで今調べてくれてもええ。信用してや」

タケは言われた通り、スマホで調べた。時々私を盗み見しながらネットに掲載されている私と見比べている。

「それ撮った時よりちょっと太ったけど本人やで」

「ほんとに作家なんですね、ホラーは読まないので」

「なにやったら読むん？」

「……最近だと『屍眼兇館の殺人』とか、『recollection store』とか」

「どっちもほぼホラーやん」

「ホラーっぽいですけどどっちもれっきとしたミステリーです。ホラーはオチがないから苦手っていうか。あ、それ以外だと爾輪野常磁《にわのじょうじ》とかも好きです」

「まあ好き嫌いのあるジャンルやしな。そうかぁ、今牟と守神さん人気やな」

『屍眼兇館の殺人』は今牟晶弘、『recollection store』は守神京の著書だ。

爾輪野常磁はSF作家。大阪住みらしいが面識もないし、絡んだこともない。知っているのは年上で大先輩の男性作家だということくらいだ。そういえば奴賀がいつだか爾輪野は現在消息がわからないらしいと話していた。〆切から逃亡しているだけだと笑っていたが、担当は奴賀と同じ編集者らしく途方に暮れていると言っていた。

タケは顔を上げた。さっきとは違う表情をしている。

「知ってるんですか」

「ああ、ふたりとも仲良くしてるで。あっちもたぶん、そう思うてくれてるはず。爾輪野さんは面識ないから知らんけど」

タケは素直に驚きを隠さなかった。明らかに見る目が変わったのがわかる。作家仲間の威光を借りたようで自尊心がやや傷ついたが、ともあれこれはチャンスだった。

「だからほんまに怪しいもんではないねん。俺も夜凪のこと色々知りたいからさ」

「でも俺の話なんて、『そんな気がする』程度のものなんで」

「ええねんええねん。俺はホラー作家やで、うさん臭い話も大歓迎や」

それなら……とタケはようやく口を開いてくれた。

「マサトとは高校からの付き合いで昔から遊んでるんですけど、あの通りマサトはなんにでもイケイケで俺はそれについていくだけな感じなんです。『ワンインチ！』もマサトがやりたいことについていっているだけで、俺はほとんどなんにもしてない。マサトはバイトも減らしてて、もうこれに賭けてるみたいなんですけど」

タケとマサトは共に二十三歳。ふたりともバイトで生活を営んでいて、就職経験はない。無計画なのも流行りに便乗しがちなのも今どきのといえば今どきのなのかもしれない。

『ワンインチ！』を開設したのは三か月前。再生回数はいい時で千ほど、詳しくはないが、三か月にしてはいい数字なような気がする。

「いや、全然よくないですよ。何十万再生とかいかないと収益たいしたことないっていうし、現状まったくだめだめです。正直、マサトがどうしてこれに賭けようとしているのかもわからない。趣味でやるなら全然いいと思うんですけど……」

タケのほうは冷静に物事を見ているようだ。だがマサトのやることに口出しをするほどの意気地はないということも伝わってきた。

　再生回数が振るわず、徐々に動画の内容が過激になっていくというのはありがちな話だ。ここ数年、迷惑系ユーチューバーがトラブルを起こし逮捕される事件を聞くようになった。てっとり早く注目を浴びる方法が悪さなのは、昔から変わらない。少し考えれば無茶な撮影のあと、どうなるかぐらいわかるはずで、普通の頭があればやらないが。

　マサトたちが運営する『ワンインチ！』も早々に頭打ちになり、その内容を過激なものにシフトしつつある。その足掛かりがこの夜凪ツアーである……らしい。

「夜凪以外にも廃れてばあちゃんしかいないような小さなちょんの間とかにも行こうって話になってて。まあ、俺は絶対そういうのやらないんですけど。現地に行くのはひとりよりふたりのほうがなにかと都合がいいからってことで、付き合える時はこうして付き合ってます。で、今回が初の遠征なんですが、なんかちょっとおかしいんですよね」

　タケはそこまで話すと辺りを気にしはじめた。

「最東さんがたまたまそのコートを着ていたっていうのは信じます。でも最東さんが偶然だとしても、きっとまた見ると思うんです、同じようなコートの男を」

　昨日は昼間に櫻、夜に椿を訪れた。

　そこでタケは同様のコートを着た男を立て続けに見た、という。

「見ただけ？　見ただけやと別におかしいことちゃうくない？」

「見ただけです。別になにかをされたわけではないんですけど……一度見てからやたらと視界に入るようになったっていうか」

「というと？」

「最初は昼間、櫻夜凪に行った時です。マサトが店に潜入していて俺は今と同じように時間を潰してました。やることもないし、櫻夜凪は広いのでひとりでブラブラしてたんですけど、その時に店と店の隙間にぴったりと挟まったようにしているコートの男がいたんです」

「なにそれ、『ごっつええ感《かん》じ』のスキマ男《おとこ》やん」

思わず笑ってしまった。昔、ダウンタウンの番組でそういうコントがあったのだ。隙間に挟まったおっさんが、挟まって身動きも取れないのに悪態を吐きまくるという内容だった。

「それは知らないですけど……とにかく気持ち悪かったんですよ。顔はよくわからなかったんですけど、目が合ったっていうのはわかりました。なんだかその時、『しまった！』って思ったんです。それですぐそこから離れたんですけど……」

そのあと、マサトと合流するまでに三度もコートの男を見たという。それも目を凝らさなければわからないような、物陰やなにかの隙間に潜んでいたり、時には建物の中から窓越しにこちらをじっと窺っていたりした。そんなはずないのに、全員が同じような雰囲気をまとっていた。

「直感的に幽霊だと思いましたよ。それで怖くて怖くて」

それだけで幽霊だと断定するのはいささか早計な気がするが、タケとしてはそもそも男が妙なデザインのコートを着ているのもおかしいと言った。視線が私のコートに注がれる。

タケはマサトと合流してすぐさま櫻夜凪を離れるよう説得した。マサトは事情を聞いても笑って信じなかったが、タケの必死の説得に渋々応じ櫻夜凪を離れたという。

「夜になって今度は椿夜凪に行きました。ものすごく広くて、迫力もヤバかった。俺もマサトもさすがに圧倒されちゃって、びくびくしながら歩いてました。櫻夜凪でも呼び込みの声はかけられましたけど、比較にならないくらいあっちこっちから声をかけられて目が回りそうでした。女の子もすごくかわいくて、こんな子がそんなことするの？　って思いました。次第にマサトもテンションが上がってきて、すぐに店へと飛び込んでいきました」

「コートの男を見たのはその時？」

「はい。最初は見間違いだと思いました。夜凪とはいえ別の場所だし、常識的に考えてあり得ないじゃないですか。どこも明るくて賑やかだし、正直昼間のコートの男のことは忘れていたんです。でも……」

現れた。何度も。至る所の隙間、物陰、窓に神出鬼没かと思えば、時には大胆に振り返った道の真ん中に仁王立ちしていることもあった。

「それは気味悪いな……」

「はい。でももっと気味悪いというか、なんて言ったらいいかわからないんですけど……そのコートの男って、ひとりじゃないみたいで」

「どういうこと？」

「途中まで、観察する余裕なんかなくって気づかなかったんですけど、見るたびにコートの男の身長だったり体格だったり、コートの色も全部バラバラだって。幽霊なら、ひとりであちこちに現れるのも不思議はないと思ったんですけど、そうじゃないんです」

そうしてタケはあることに気が付いた。

「コートの男たち……俺のことを見てるわけじゃないんです。みんな、ただそこにいるだけで俺に注目してるわけじゃなさそうなんです」

そう言われてみて、私も思い出した。一番はじめに椿夜凪にササキ（仮）と訪れた際、うずくまるコートの男を見た。さらに思い返すと他の夜凪でもコート姿の男を見た気がする。

「僕が最東さんを見て警戒したのは、ただコートだからってことじゃないんです。なんていうんですか、そのマントみたいな形のコート。そういうの今あんまり見ないのに、夜凪で出会うコートの男はみんなそれなんです。それにその角ばった帽子もそうだし、人によっては杖を持っていたり、帽子がなかったりしますけど……とにかくその変なコートだけは一緒なんですよ。だから最東さんを見た時、心臓が止まるかと」

着ている本人の前で『変なコート』と言われて思わず苦笑いをした。それはそれとして、確かにタケの話は妙だと思った。この……インバネスコートばかりを見かけるというのは確率からしておかしい。

思い起こせば、私もインバネスコートの人物に心当たりがあるような気がしてきた。

だがどうしたことか、コートの男のことを思い出そうとするたびに頭がぼんやりする。

「あれっ」

タケは目をしばたたかせ、小首を傾げた。

「どうしたん」

「あの匂い、ここでもしますね」

タケの言うあの匂いとは、先ほど菖蒲夜凪に着いた時に嗅いだものだとわかった。鼻をひくつかせ、キョロキョロと首を回すタケのそばで、私も匂いを嗅いでみたもののそんな匂いはしない。

「あっ」

なにかに気づいたようなタケと目が合った。

「最東さんですよ。この匂い」

そう言われて反射的に腕、襟元からコートの中を嗅ぐ。

「えっ、わからん。俺なんもつけてきてへんけどな」

その時、タケが私から一歩下がったのがわかった。

「……俺のことは怪しんでないやんな?」

はい、とひとこと答えてタケは私から目を逸らした。

怪談

布団に食われる

菖蒲夜凪はその昔、大変賑わっていた。

今より敷地も広かったし、和歌山県に二か所しかなかった遊里に男たちは連日、女を求めて集まった。

そんな活況の菖蒲夜凪において、男たちの評判の絶えないひとりの娼妓がいた。非常に美しい顔をしていて気立てもよい。なにより壺《つぼ》の具合がいい。

だが女にはひとつだけ欠点があった。顔に大きな傷があったのだ。

下顎から鼻の横にかけて一直線に深く斬られた傷痕。治ってはいるが時折、床の最中血が滲《にじ》むことがあったという。

痛々しい傷痕に敬遠する客もいたが、それさえも美しいという客は少なくなかった。店に彼女が出ればたちまち行列ができる。店では珍しく『廻し』をとっていなかったので、男たちは並ぶしかなかったのである。

女の店はいつも客が長蛇の列をなしていたが、それは人気だけが理由ではない。どういうわけか彼女の店には遣りて婆がいない。つまり女は自分ひとりですべてをこなしていたのだ。

並んだはいいものの結局、遊べずに帰っていく客も多かった。話に聞く人気ぶりだから、遊べない客がいること自体は不思議ではない。だが、中には並んですぐに遊べるものもいた。どういうからくりなのかは不明だが、どうも店が客を選別しているらしかった。それはつまり、その娼妓が選別しているということだ。その女についてこんな話が伝わっている。

その娼婦の名前は伝わっていない。それだけ人気の嬢だったのに名前が伝わっていない、ということがまず信憑性に欠けるが、さらにうさん臭い話が残っている。

店には看板が出ておらず、この店を見つけられるものと見つけられないものがいた。人気店なのを聞きつけてやってきたのに、そもそもその店がないではないか、と怒って帰る客も頻繁にあった。客の選別はこの時点からはじまっていたのかもしれない。

店は現在、焼失したというが、菖蒲夜凪で働く他のホステスたちも客の話でしかその店を知らなかった。古参も知らないというから、いよいよ存在が疑わしい。

菖蒲夜凪で働くものたちの間では、客から伝わる奇妙な噂話としてこの話は広まっていったのだが、ある店を訪れた客がホステスにこの娼妓に関する話をしたことで、信憑性が高まった。

客は件の店で遊んだことがあると言った。言わずもがな、例の娼妓と遊んだということだ。

遊んだのは一回きり。もう一度遊ぼうと思ってやってきたが、店がなくなってしまったのか見つけられなかったので、ここへ遊びに来たのだそうだ。

客は地元の人間ではなく、ごくたまに県外から仕事でやってくるとのことだった。だから馴染みのホステスはいないと言う。他の店のホステスと遊ぶことに抵抗がなかった。

客が夜凪を以前訪れたのは何年も前だったから、店がなくなっていることを特に不思議にも思っていなかった。この話をホステスにしたのも何気ない世間話の延長だったたという。

「顔の傷がどうしてだかすけべな色香を際立たせている女だった」と述懐する客はやがて、その時の異様な時間を訥々《とつとつ》と語りだした。

反物の買い付けをしていましてね、染料の工場ができるっていうんで年に一、二度こっちに来たんだ。和歌山には遊里がすくないってね。けど俺にはそのほうがだらだら悩まなくていいから都合がよかった。選択肢が多いってのは必ずしもいいことばかりじゃないってことさ。

遊び人かって？　いやそうでもねえ。だからよ、ずいぶんと間が空いちまったのさ。最後に来たのがもういつかわかんねえくらい前のことだ。えれえ人気の子だったからよ、どうせ向こうも覚えちゃいねえって思ったのよ。そんな顔しなさんな、あの時の子もよかったがあんたもよかったさ。やめろい、比べるようなもんじゃねえさ。

しかしあの時のことは忘れるに忘れらんねえ。あとにも先にも遊里であんな行列は見たことがねえもんな。そうだよ、こっから大門のほうまでそりゃずらあ〜っと男どもが黒山を作ってやがんだ。ありゃあもう真っ黒い百足《むかで》のようだったね。どんな面したやつが並んでんのか、その間抜け面を拝んでやろうとそばまで行ったんだ。するとたまげたねぇ、本当に間抜けな面だったんだから。喩えるなら、腹が減って今にもおっ死《ち》んじまいそうな時にそば屋の出汁の匂いにふらふらと誘われてるような顔だ。間抜けだがどこか深刻な悩みがあるような、見たこともねえ顔だったわけだ。さらに信じらんねえ話だがよ、行列の野郎どもはみんなおんなじような顔でねえ。とろんと垂れた目はいいが、とんがった顎と芋虫みたいに長い顔、半開きの口からはギザギザの歯だ。そんな貧相な面がずらぁ〜っと並んでるんだから気味が悪い。でもね、そんなんだから逆に興味が湧いたんだ。これだけ並んででもやりてえ女ってどんなやつだって。

幸い泊まりのつもりで来たから時間はたんまりある。百聞は一見に如《し》かずだってえことで肚を決めて俺は百足の尾になったってわけよ。すると行列の先からい〜い匂いがするんだ。俺はその匂いにすぐピンときたね。ありゃ伽羅の匂いだ。昔の遊女が香水代わりにつけてたってあれだよ。芳《こう》ばしいような、甘いような、その匂いを嗅ぐと参っちまうね。行列の与太どもがみんな間抜け面になるのもわからんでもねえ、って思ったさ。

しかしいざ並んでみたら、あれよあれよと百足は館《やかた》に吸い込まれていく、わけがわかんなかったがツイてるって思うことにした。こんなに早く女を拝めるなんて考えてもみなかったからな。

ただ不思議に思うこともあったんだ。こんなにするすると順調に客を消化していっている割にゃ、誰も店から出てこない。気づけばもう何十人も店の中に消えていっている。だったらせめてその半分くらいの客がすれ違いに出てこなきゃ数が合わねえだろ？

元遊廓だった遊里にゃそのまま建物を使ってるところもあった。そういうところっていうのは娼婦用の勝手口や階段、厠《かわや》なんかもあったからもしかすっとそこから済んだ客を帰してったのかもしれねえとは思ったのよ。それだったらなんら不思議なことはねえし、時代は昭和だろ？　昔のように娼婦にこそこそと裏の通路を使わせることはないだろうからね。

なんて考えているうちにあっという間に俺の番が来た。思ったより時間がかからなくて有頂天になっちまったよ、うれしかったねえ。伽羅の匂いにやられてもうくらくらしてたさ。だがよ……これがまたよくわからねえんだが、列の最後尾は俺だったんだ。俺の後ろには誰ひとりとして並んでなかった。こんなことがあるのかねえ、と思ったんだがお上のお達しで営業時間にもうるさくなってるって話だった。特に和歌山はこういうところに厳しいって事情もあるだろ？　もしかすっと今夜は俺で最後なのかってね。

期待に小躍りしながら入口を入ったら上座にいたのさ、べっぴんさんがよお。待った甲斐があったって思ったね、絶世の美人だと思ったよ。いやあ、あんたのほうがべっぴんだ、嘘じゃねえって。なんたってあの店の女はよう、べっぴんだが顔にえれえ傷があったんだ。それがまた赤くって、生々しくてよお。斬られたばっかりじゃねえか、って思っちまうくらい痛そうな傷だったよ。

一瞬それで俺も腰が引けちまったがよ、ひと声その声を聞いちゃあもうお終《しめ》えだ。魂まで持っていかれそうな甘くて色っぺえ声音で、普通に喋っているだけなのに歌っているように耳心地がいい。ぱっと見は子供みてえな華奢《きゃしゃ》な体だと思ったが、近くで見ると肌も白くって艶々してんだ。新雪のように触れたら手の跡がついちまうようなのに、実際に触るとつき立ての餅のように手に纏《まと》わりついてきやがる。

肩に触れただけでおっ勃《た》っちまってよお。部屋に揚がった記憶も飛ぶくらい舞い上がっちまったんだ。


男の話を聞いたホステスも知っていることがあった。

例の娼婦の店は確かに行列ができているが客が出てこない。だがいなくなったわけではないようだ。

時折その店に入った客がふらっと菖蒲夜凪に戻りブラブラと歩いてはふとまた消えるらしい。思えば……不思議なことだが、あの店に行ったという話を聞くのはこの男がはじめてのことだった。いくら評判とはいえ、それだけ行列が恒常化していれば他の店にでも乗り換えそうなものだ。なのに、そんな客にはついぞ出会わなかった。

それに男の話を聞いていて気になることもあった。彼が語った行列に並んでいた客たちの顔……芋虫のように長く、顎が尖って垂れ目でギザギザの歯。それはまさしく目の前の男そのものだった。

次第にホステスは居心地が悪くなってきた。

ふと気づくと傷の女の話をしはじめてから次第に男の顔が紅潮し、瞳孔が開いている。なにかに取り憑かれたように口角泡を飛ばしながら、さながら講談のように語り続ける。その異様な姿にホステスは一抹の不安を感じた。

だがよお、部屋に入るとどうもおかしい。

女がいた入口の上座は別に普通だったんだが、揚がった部屋はカビと埃《ほこり》臭くてよ。あれだけいい匂いを撒《ま》いてた伽羅の香りもすっかり消えちまってさ。部屋も暗《くれ》えし、今どき蠟燭《ろうそく》で明かりを取ってんだぜ。まあそれも風情があっていいっちゃいいと言い聞かせたさ。部屋が汚かろうが、電気がなかろうが関係ねえ、一秒でも早くそいつを抱きたかった。

薄暗い蠟燭の明かりの中でもそいつの美貌は際立っていたよ。むしろ暗闇に映える美人だ。顔の傷でさえ色っぽくてよ、破裂しそうだった。我慢しきれずに押し倒した煎餅布団はかちかちで、変な臭いだったよ。ゴム毬《まり》のような乳房にむしゃぶりつこうと谷間に顔を埋《うず》めた時だ……暗闇の中でなにかが光ったんだ。

直感的に誰かがいる！　って思ってよ、見せもんじゃねえぞって叫んでそいつんとこへ行ったんだ。そしたらふすまがあった。すこ～しだけ、隙間を空けてな。

考えてみりゃ暗闇で目が光るなんて人間じゃねえよ。それを確かめたくて勢いよくふすまを開けたんだ。真っ暗でなんにも見えやしなかったがよお、キラッと光る目がふたつあったわけよ。ああ、猫だ。

おらどけどけ、あっちいけと足元のもんを蹴飛ばした。やってる最中に背中を引っかかれでもしちゃたまんねえ、かかあになんて言われるかわかったもんじゃねえもんな。これだけ暴れりゃ追っ払えただろ、ってふすまを閉めようとしたんだ。だが閉まらない。

建て付けが悪いのか敷居になんか挟まってるのか、いくらふんばっても閉まりゃしねえ。ほっときゃいいってのはわかっているんだが、ここの隙間から誰かが覗くって思うと気になって気になってよお！　くそっ、なんでだよ！

俺は夢中になってた。なににそんなに執着しているのか、自分でもわからねえんだよ……。何度、どれだけ思いきりやってもふすまはちゃんと閉まらねえ……。気づいたら泣いてたよ、俺あ……泣きながら閉めてやんの。

そんだけがむしゃらにやってたからかなあ？

気づかなかったんだよ、踵《かかと》で蠟燭倒してんのをよ。

あたり一面ごうごうと火が燃え盛っていて綺麗だったんだ。ガキの頃に俺の町が空襲にあってな、あの頃は口が裂けても言えなかったが町いっぱいに広がる赤い火が綺麗だと思ったんだ。すぐにそれどこじゃなくなったけど一瞬だけ感じたその思いがずっと消えなかった。

それを思い出したよ。

そしたら急にふすまの開く音がしたんだ。驚いて顔を上げると、火のおかげで真っ暗だったその部屋が見えたよ。

仏間だった。

オンボロの部屋に似つかわしくない、でっかくて立派な仏壇があったよ。

呆気に取られてっとなあ、炎の中であのべっぴんが言うんだ。『あんた以外の客、誰も出てこなかったろ。み～んな、そいつに食われたんだ』って。

そいつってなんだ、と思って咄嗟に仏壇を見たよ。でもすぐに『そっちじゃないよ、こっちだよ』って言うからべっぴんを見た。

べっぴんは炎に包まれながら煎餅布団に横になっていたよ。べっぴんは燃え盛りながらすげえ綺麗だった。生唾を呑んだ。もうこいつのためならどうなってもいい、死んだっていいってな。だから布団が血で真っ赤に染まっていてもおかまいなしに布団に飛び込んだ。

布団に食われながら俺はよお、必死こいてそいつを抱いたよお、ぶち込む前に腰から下を食われちまったけどよ。はははあ。


菖蒲夜凪には無数の〝男の幽霊〟が出るという。

蛇足

ハロの行方については依然不明のままだ。

盗作疑惑に心を病み、人知れずいなくなった。同業の仲間がそんな形でいなくなってしまうのは悲しい。

「ハロは盗作などしていない」

一度仲間同士のリモート飲み会で訴えたことがある。奴賀や今牟、守神に清水……ハロをよく知る彼らならきっと同調してくれるものと信じていた。

『私も信じたくないけどさぁ、あれはちょっと擁護しきれないんだよねぇ正直』

『僕も浜野さんの手前、言わないようにしてきましたけどさすがに言い逃れできないんじゃないですか』

『私もそうなんだ。浜野さんとは仲良くしてたから、そのことには触れない方向で接してた。気まずかったぁ』

『ハロさん、嘘でしょー！　って思ったよ。なんでだよ～悲しすぎるよ～。なんで盗作なんてするんだよ～』

まるっきり話にならなかった。

それでも酔いに任せて、当該作品ふたつの接点のなさを早口でまくし立てたが一向に響かず、憐れんだ視線を浴びた。挙句、ろれつの回らなさを指摘され飲みすぎを心配される始末。腹が立ってルームを退室してから、以来彼らとはかかわっていない。

話が通じないことが恐ろしかったのではなく、自分だけがわけもわからず孤立していくのが恐ろしかった。どうしようもなく恐ろしくて、震えを止めるためにまた飲んだ。

だから、ハロから電話があったことも現実だったのかどうかすら定かではない。

昼間から酩酊していたある時……それがいつのことだったかも思い出せないが、スマホに着信があった。仕事も進んでいない、〆切も過ぎている。編集者からも呆れられ、めっきり連絡も来なくなった。

いつかけてもこの調子だから会話にならないと匙《さじ》を投げられたのだろう。

あの時、どうしてスマホに出たのか。きっと特に意味はなく、手の届くところにあったというだけだろう。

『最東さん、元気?』

「……は?　誰やお前」

『あかんで』

「なにがやねん。あ?　お前……ハロか」

『そうや。ハロやで』

「お前、盗作してへんぞ!　俺、知ってんねんからな、盗作なんかお前……」

自分でも何が言いたくて、何を言っているのか、判然としない。ただ思いついたことを口からただ漏《も》れさせているだけだった。

『あかんで最東さん、死んだらあかん』

「死ぬ？　ああ、そうやな死のうかな。ええことあらへんし」

『こっちきたらあかん』

夢だったのかもしれない。喋った内容など覚えていなくて当然だ。しかし、不思議とそれだけは覚えていた。本当にあったことなのだろうか。

らんぷからも以前、『死ぬな』といった旨の電話があったことを思い出す。

私は死のうとしているのだろうか。

なぜ。

わすれなぐさの章

勿忘草《わすれなぐさ》夜凪……楽園はここに在り。花代は見てのお帰り。

楽園について

勿忘草夜凪の起源は【祝融遊廓】である。場所については伏せるが、数ある遊廓、私娼窟には見られない特徴を持った遊廓だった。なにせ島全体が廓なのだから、聞くものは皆耳を疑う。祝融の語源については定かではないが、中国神話で〝火の神〟を意味するらしい。

とある古参によると、「火の神の名をつけることで火を避けようとした」という意図があったという。その言葉を鵜呑みにするならば、名付け親の気持ちもわからないでもない。なぜなら古くから遊廓と火は切っても切れない関係にあったからだ。

幕府公認の遊廓であった吉原を例に挙げてみると、江戸時代だけで二十七回も火事に見舞われている。それは実に九年に一度の割合で起こっており、うち十九回は全焼している。

五社英雄《ごしゃひでお》監督の『吉原炎上《よしわらえんじょう》』でも描かれたように、遊廓での火事は大火と呼ばれ、そのほとんどが全焼だった。そのたびに復活し栄華を取り戻す逞しさには頭が下がるが、火元については逞しいのひとことでは片づけられない事情があった。自由を求める遊女が大火の混乱に乗じて廓からの脱出を夢見た末の付け火――すなわち放火によるケースが多かったのだ。

とりわけ火には細心の注意と警戒を払っていた花柳界。火の神を祀るのはある意味自然なことだった。祝融遊廓もまた、火の神を味方につけることで大火から逃れたいという願いが名の由来になったのではないか。

やがて祝融遊廓も他の夜凪と同じく、時代と共にその名を変えて現代に息づいている。それが勿忘草夜凪である。ただし、夜凪といっても他の八つの夜凪とは決定的に違う。勿忘草夜凪は島であると冒頭に述べたが、それと同時に件の夜凪は関東にあるのだ。〝夜凪と言えば関西〟のイメージがあると思うが、勿忘草夜凪は関東で夜凪を冠した唯一の遊里である。

定期船で波に揺られること十分ほど。本土からほど近い島に勿忘草夜凪はある。よく晴れた凪いだ日ならば泳いで上陸できるかもしれない、そう思わせるほど勿忘草夜凪があるその島は本土から近かった。

無論、島には正式な島名も地元住民が呼びならわした俗称もあるが、場所を伏せるためあえて島そのものを勿忘草夜凪と呼ぶこととする。

そして遊廓島《じま》ともいえる勿忘草夜凪には〝梅丸〟がいた。万物を統《す》べる美貌と溢れだす気品のある、唯一無二と名高い伝説の娼妓。

梅丸を娼妓と呼ぶにあたって、『娼妓』の定義について解説しておかねばなるまい。花柳界では売春を生業《なりわい》とする女性たちを様々な名前で呼んだ。遊女、娼女《しょうじょ》、女郎、娼妓……、明治になってこれをひとまとめに『娼妓』と呼び名を統一した。つまり明治以降の遊廓で働く売春を生業とする女性たちのことを娼妓と呼んだのである。そして昭和二十一年二月に娼妓取締規則の廃止と共に娼妓という呼び名とその職業は公式にはなくなった。

その後十二年間続いた赤線時代（特飲街）ではそのように呼ばず、旅館や料亭、バー・スナックなど営業形態に応じて『ホステス』『仲居』『女給』などと呼ぶようになった。

要するに梅丸は遊廓の時代に生きた女だった、記録上では。

梅丸は今も勿忘草夜凪で生きている。それどころか梅丸は江戸の世からずっと生き続け、時代と共に梅丸の名を冠した胞子を撒いた。梅丸と名乗る娼妓は各地の遊廓に存在した。

しかし、最初で最後の花魁《おいらん》たる一番最初の梅丸、いわばすべての梅丸の元となった本物の〝梅丸〟は勿忘草にしかいない。同じく唯一の存在で間夫《まぶ》である彼の本体もここにしかいない。

伽羅の香を焚《た》きしめ、客の前では物は食べず、金の話はしない、金にも触れない、文学に明るく、字も綺麗――これらは梅丸が吉原から受け継いだものだ。梅丸と床に入った者は、間夫か客か選別される。梅丸にとって客とは金づる、特別な感情は持ち合わせずただ魅了するのみ。だから梅丸から見た客はみんな、個性のない同じ顔だった。それに比べて梅丸に選別された者は幸せ者だ。梅丸は、文学にかかわる者しか間夫にしない。それは彼女がその生涯でもっとも愛した間夫が小説家だったことに由来する。間夫は梅丸のために働く。彼女の元に客を入れるため夜凪の至る所に出没し、梅丸の元へといざなう。間夫に紹介された客もまた、梅丸の元で客か間夫か選別されるのだ。

この島にいる遊女もまた、みんな梅丸である。しかし本物ではなく、本物の梅丸から生まれた梅丸である。たどり着いた男は、この島でやっと願いが叶う。間夫も客も一度梅丸に会ったら最後、本土で彼女と再び相まみえることはない。本土で遊ぶ梅丸は、一度会った男と決して会いはしない。だからこそ彼らは固執し、執着し、ゆらゆらとこの島を探し求める。

本土には梅丸が何人も存在していた。年も姿も様々だが、梅丸と名乗り八つの夜凪にいる。彼女たちは全員でひとり。誰もが梅丸だった。他にも遊廓の名残がある遊里に彼女は存在する。それだけではない、風俗店にもたびたび姿を現す。土地柄的に八つの夜凪が有名になっているだけだ。

しかし、最初の起こりたる梅丸は勿忘草に存在している。あらゆる遊里にいる梅丸はどれもが梅丸だが、起こりの梅丸はその中でも特別だった。火が消えぬ限り、火は灯り続ける。

勿忘草夜凪はもう存在しない。間夫と客以外でここにたどり着ける者は誰ひとり例外もなく存在しないのだ。間夫や客のすべてがたどり着けるわけではない。あくまで運がいい者だけだ。運から見放された者たちは、想い人に会えぬ苦しみにあえぎながら、夢の中を彷徨うようにして消息を絶つ。彼らがどこに消えてしまうのかはまた、別のお話。

かつて梅丸が愛した間夫がいた。

その男の名を邊見寛といった。勿忘草夜凪に梅丸と共に過ごす本物の間夫である。現世にいた頃は、芥川賞を有力視されたこともある小説家でもあった。

邊見寛は両替商の三男坊で、家は裕福だが厳格な父と二人の兄からの締め付けの中で育った。大学を出ると道楽同然の喫茶店を開き、暇があれば店もそっちのけで小説を書いた。また大の旅行好きでもあり、行く先々で遊里に出向き、女遊びに興じていたという。

のちに夜凪と名を変える八つの遊里が格別好みだったようで、関東在住ながらも足しげく通っていた。梅丸との出会いもまた関西のとある夜凪であった。

梅丸はひとつの夜凪に定着せず、ひと稼ぎしては次の夜凪へと渡り歩いていた。まるで通った後に花びらを落としていくように、梅丸がいた店はその後も繁盛した。当然、楼主はこぞって引き留めたがその手をするりと躱し、気が付けばその姿は陽炎《かげろう》のようにぼやけた輪郭だけを残して消えていた。

この頃の梅丸は今のように各夜凪に存在していなかった。それだけに楼主連中は梅丸を忘れられなかった。

勿忘草夜凪は梅丸のためだけの楽園だ。

私を忘れないで、という花言葉を持つ勿忘草は梅丸が客を引き留める言葉のようで、彼女の居場所としては相応しい名だった。祝融遊廓といういかめしい名よりもよほど、梅丸に馴染む。そこは男の楽園としてというより、梅丸と邊見寛にとっての楽園だった。

眩暈がするほどのまばゆさを放ち、男たちは梅丸を求めながら梅丸たちを抱く。

邊見寛は梅丸との愛を世に伝えるためだけの小説を書くようになった。書くことが梅丸を抱く以上の愛であるとばかりに、無我夢中で筆を走らせた。梅丸はただ、それを見つめていた。勿忘草の海岸で、ふたりきりで。

小説『梅丸事件』

勿忘草夜凪、つまり祝融遊廓はもともとこの世に存在しない遊里だ。よって、男の楽園を具現化した島も存在しない。邊見寛が小説の中で作り上げた想像上の楽園だった。

邊見寛には確かにその生涯で一度、芥川賞候補に挙がった作品があるがそれ以外の執筆活動に目立ったものはない。候補に挙がったのは短編で、世に出たものもこの一編と『梅丸事件』だけだ。どちらも単行本にはならなかった。

邊見寛が何者かわからない、出自のはっきりしない作家……というのが率直な印象だ。本を出していないので時を超えた同業者として邊見寛を小説家と呼んでいいものか悩む。

だが『梅丸事件』は『花怪談』と似ている。それは確かだった。

「似てるっちゅうても、時代がちゃうからなぁ」

佐々木から『梅丸事件』をテキスト入力したデータをもらい、何度か読んだがそのたびに似ていると思われる箇所が減っていった。最初こそ酷似していると思ったが、何度も読むうち大まかな筋が似ているだけで酷似しているとまでは思えなくなっていた。当初危惧した盗作については心配するほどではない、と佐々木と私の間では意見は一致している。彼の言う通りに書き進めていけばいずれは本にはなりそうだ。

「梅丸……」

『梅丸事件』は、その名の通り〝梅丸〟という娼妓にスポットを当てた連作だ。それぞれは独立した短編だが最終的に梅丸に帰結する構造になっている。勿忘草夜凪については、その名がちょろっと出てくるだけだった。

缶チューハイを開けた。喉を鳴らし、冷たい熱が全身に染み渡る。酒を抜くことができなくなっている。すこしでも暇があれば開けている。常に世界はゆるく揺らめいているし、もうずっと晴れた頭でものを考えていない。

こんなことを繰り返してばっかりだ。だが酒を入れなければ感情が暴走しそうで恐ろしかった。酔いが醒めていくと自分の存在がこの世から剝がれていく感覚がして正気ではいられない。今さら素面《しらふ》になど戻れない。飲める限界を超えると突然ブレーカーが落ちたかのように目の前が暗転し、そのまま眠りに落ちる。そんな毎日だった。

酔いの傍ら、梅丸と邊見寛について調べる。ふたりが誰なのか、突き止めたかった。自分でも異常な執着ぶりだと思う。だがやめられない。梅丸は今もそのままの美しさで年老いることなく、夜凪にいる。

『花怪談』が世に出れば彼女の目に触れ、梅丸はきっと私という人間を認識するだろう。そうすればきっと会える、そう思った。彼女の間夫に、ただひとりの男に。

原稿は行き詰まっていた。

もうすぐ意識のブレーカーが落ちる。暗転が訪れれば、この疑問も消えそうだ。明日の自分がこの稿を読んでなにを思うだろうか。不安だが未来のことは未来の自分に任せるしかない。ああ、もう時間だ。あいつが来る。蜘蛛が、女の顔をした蜘蛛が頭の中で囁くんだ。

梅丸、ごめんよ。君の美しい顔を傷つけるつも

ワンインチ！

そういえばマサトたちが動画配信チャンネルをやっていたことを思い出した。『ワンインチ！』というチャンネル名をなかなか思い出せず探し出すのに難儀したが、なんとか発見することができた。

チャンネルの動画リストを見てみるとあの夜マサトが得意げに話していた通り、ここ最近は風俗系の突撃動画に力を入れているようだった。再生回数はだいたい二千〜四千くらいを行ったり来たり。開設したての頃にアップした動画が百もいってないのを見れば、なるほどエロはまだ再生回数を稼げるというわけか。

最新の動画は歌舞伎町《かぶきちょう》のハコヘル、その前は出会い喫茶、あとはマッチングアプリ、立ちんぼに無料《ただ》でやらせろと交渉するような下品な企画もあった。どれも誰かの手垢《てあか》がついたような企画ば

かりで、金木犀夜凪でそば屋の女性が吐露していた悩みの種が並んでいた。こういう輩はまだしばらくいなくならなそうだ。マサトのまるで悪びれることのない笑顔が脳裏によみがえる。

気を取り直して歌舞伎町のハコヘルがアップされた日付を見る。一週間前だった。

マサトとタケはあの夜、突然私の前から姿を消した。正しくはタケがいなくなった。そして、マサトとも連絡が取れなくなりそれっきりだ。そもそも知り合ったばかりの若者ふたりがいなくなっても不思議なことではない。隙を見て怪しげなホラー作家を撒いたというだけだ。旅先で出会った無礼な若者たち……それだけのことなのだ。

ササキ（仮）をはじめ、らんぷにハロが頭をよぎるのを必死に振り払う。あいつらは逃げただけだ。消えたなんて、そんなことはない。

しかし、マサトとタケは菖蒲夜凪で会った前日、椿と櫻に行ったと言っていたが、どちらの動画も上がっていない。菖蒲夜凪もまだだ。

あれからまだ数日、一週間も経っていないのだから編集に時間を使っているだけかもしれない。とはいえこういうのは頻度とスピードが勝負だ。そういうところが再生回数が伸びない要因なんだぞ、と言いたくなった。

とりあえずチャンネル登録し、更新通知をONにしておく。これで動画がアップされたらわかるはずだ。さらにチャンネルのトップページにはマサトとタケのSNSアカウントのリンクが貼ってあった。裏垢《うらあか》でフォローし、それぞれのタイムラインをチェックする。

〈和歌山到着〜。不味《まず》そうなラーメン屋で腹ごしらえ〉

私と出会う直前のコメントが最後だった。それ以降は発言がない。さらに遡っていくとマサト本人が言っていた通り、確かに椿や櫻に行っていることがわかった。平然と画像付き（夜凪はどこも営業中撮影禁止）で上げてある。書いている内容も視聴者に媚《こ》びているのか毒を吐きたいのかハッキリしないものだった。

続いてタケのアカウントを覗く。タケはマサトと違って動画や取材のことには一切触れず、好きな漫画や本のことをつぶやいたりニュースに反応したりしている。

こちらの最新コメントは……マサトよりもすこし前、和歌山の某駅……菖蒲夜凪から最寄りの無人駅の画像、それと当たり障りのないなんでもないコメントが添えてあった。

程度の差はあるもののどちらも日に最低三〜四回、コメントを更新していた。それがあの日からふたりとも一切が途絶えている――。

底冷えするような悪寒に震えた。


菖蒲夜凪の原稿が仕上がり、めでたくこれで『花怪談』は一旦脱稿となる。当初は差し込むつもりはなかったが『あとがき』を添えようと思った。簡単に経緯と関係者への謝意を綴《つづ》るつもりだ。

謝意……。

らんぷとハロがいなくなり、ササキ（仮）も何者かわからないまま音信不通になった。たまたま知り合ったマサトとタケもどうしているのかはっきりしない。謝意で締めるにはあまりに不謹慎ではないか――そう思い至るともう書けない。謝意を書くのはやめた。

この作品を新たな代表作にしたい。

その思いは色々あってくじけそうにもなったが、完全に諦めたわけではない。これまでのイメージを払拭するような、鮮烈な作品に。売れれば正義、評価されれば高潔なのだ。もう他の作家の成功を歯噛みして妬むのはやめにしたい。

今さら原稿を引き揚げることなどできるものか。肚を決めて最初から読み直し、手応えを再確認する。『花怪談』の成功は、きっとみんなも喜んでくれるはずだ。ハロもらんぷもきっとどこかで。佐々木に送稿した。

決して見晴らしも眺めもいいとは言えないベランダに出る。夜風に当たりたかった。佐々木や鬼島からはどんな感想が来るだろうか。今から緊張する。

その時、ポケットの中でスマホが震えた。

通知を見ると『「ワンインチ！」から新着通知があります』と表示されている。思わずスマホを落としそうになる。

突然の通知に喜びと驚きのない交ぜになった気持ちのまま通知をタップすると、画面が切り替わり動画が再生された。

夜道を歩く足元を映した動画だった。撮影している本人ともうひとつ横にちらちらと靴が映り込んでいる。もうひとりいるようだ。

カメラのライトなのか、手持ちライトなのかわからないが前方ではなく自分たちの足元を照らしながらひたすら歩いているだけの動画だ。ここからわかる情報は、ズボンや靴からおそらくふたりとも男であること、その場所がどこかはわからないが舗装された道であるということ、そのくらいだ。

音声も足音と息遣い、時折咳《せ》き込む音だけが収録されている。

しばらく見ていたが、ただただ足元を映しているだけの動画の意図がわからず戸惑った。動画の長さを知ろうとタイムバーをタップして首を傾げた。残り時間が表示されない。

「あっ……これライブ配信やん」

謎はすぐに解けた。アップされた動画ではなくライブ配信、いわゆる生配信だ。つまりこれは今現在のものだ。

「ということはコメントできるんか」

生配信ではチャット形式で配信者にコメントを送れる。動画を見ているのは今のところ私ひとりだけのようだ。

〈最東対地：こんばんは。小説家の最東です。和歌山ではどうも〉

反応がない。チャットに気づいていないのか。

〈最東対地：例の場所の動画がアップされるのを楽しみにしています。ちなみにこれはどこを歩いているんですか？〉

なんの反応もなく、画面はひたすらに歩いている足元だけを映している。

〈最東対地：お元気でしたか？　チャンネル概要からＳＮＳのアカウントをフォローしました。あれ以来投稿がないので心配していました〉

反応を期待するだけ無駄だとわかった。わかっていて無視しているのか、本当に気づいていないのか、いずれにしてもこちらへの反応は当てにしないほうがよさそうだ。

どこに向かっていて、なんの動画なのかわからないが配信が終わるまではこのまま視聴し続けようと思った。

動きがあったのは配信がはじまって四十五分が経った頃だった。何も変化がないので、片耳イヤホンで音声を聞きながら本を読んでいた。

『おふたりさんで』

突然聞こえた男の声に驚き画面を見る。映しているのは足元で変わりないが、歩いてはいない。

立ち止まっているようだ。

『はい』

返事をしたのは撮影者のように思えた。するとさっきのしわがれた声が『足元お気を付けください』と言う。どうやら立ち止まっているのはこの男と話しているからのようだ。

「なんやこの音……」

ふと、ちゃぷん、ちゃぷんと水の音が聞こえ、外していたもう片方のイヤホンを装着し画面と音声に集中する。確かに波のような水の音が聞こえていた。

足元が動き、画面がブレる。暗いのでなにがなんだかわからないが、足音の質が変わった。ゴツ、ゴツ、というなにかの上に乗ったような……。そうだ、船に乗った音だ。

撮影者のふたり（おそらくマサトとタケ）は船に乗ってどこへ向かうつもりなのだろうか。

『暗いですけどすぐに着きますんでね』

男の声。船頭だろうか。

モーターが唸り、船が発進する。波しぶきがライトでキラキラと光った。船頭と話した時に『はい』とひとこと発したきり、ふたりがなにも喋らないのが不気味だった。

マサトの溌剌とした声が脳裏によみがえる。タケの控えめな性格も懐かしかった。せっかく心を開きかけていたのに。時々、『ワンインチ！』の動画を見ていたので彼らの声は聞き覚えがある。さっきの『はい』という声はマサトだということもわかった。

あのふたりが生配信をしておきながら四十五分以上もひとことも言葉を発しないなんてことがあるのだろうか。

『すこし揺れますので』

船頭の声にふとカメラが持ち上がる。ぼんやりとした明かりに船頭の顔が映った。

麦わら帽子にほっかむり姿の知らない男だ。

『最近も若い殿方を乗せましてねえ』

カメラに向かってそう話す姿は、まるで私に話しかけているようだ。

『どうぞ下りてください』

船頭の声に従いふたりは船から下りた。

『ようこそお越しくださいました〜。お兄さんたちまだお店決めてないならうちにしときなさいな。ショートも泊まりもすぐいけるよ、おすすめの女の子つけるからうちで決めて〜。今なら泊まりが断然お得だよ』

固まった。なんだこの声は。いや、これは——。

『勿忘草夜凪に行くんで』

『ええっ、あっちは高いよ！　悪いこと言わないからさ、うちで決めちゃいなよ〜。いっぱいサービスする子つけるからさ』

船着き場で客引きをするその人物は……灰色らんぷだった。

『もう決めてるんです。すみません』

タケの声。その冷たく冷めきった声音に戦慄を覚えた。これがあのタケなのか？　それに〝もう決めてる〟ってなんだ。勿忘草夜凪って……。

『ええっ、つれないこと言わないでおくれよ』

らんぷが猫なで声で追いすがる。鳥肌が止まらなかった。

どうして、と繰り返すだけで頭が真っ白になった。

カメラはらんぷの客引きを振り切り、ずんずんと進む。歩みに添って画面が烈しく揺れ、酔いそうになる。細目で耐えながらかじりついた。

祭囃子《まつりばやし》のような賑やかな音色が遠くから聞こえる。画面の中で赤、白、橙《だいだい》と賑やかな明かりが流星のように揺れた。すこししてようやくカメラの動きが安定し、鮮明とは言えないがなにが映っているのかがわかった。

「なんやここは……」

無意識につぶやいてしまった。

まるで天神祭《てんじんまつり》の出店通りのように賑やかな光があった。がちゃがちゃとして、目にうるさい光景。よく見ると提灯が空を躍り、通行人が行き交っている。これまでの殺風景な画《え》とは真逆の光景だった。カメラは足元を映さず、目の高さになっている。時折、茶髪の頭が店から漏れる光で透け、見た目以上に明るく照らされる。

——祭り？　ちゃうやろ、これは……。

背筋が凍る。

ここは夜凪だ。どこの夜凪かはわからないが、よく見ると長屋がずらりと並び、まばゆいスポットに照らされた女たちが見える。

一瞬、映り込んだマサトの顔。ニヤニヤといやらしく笑っている。背筋を寒くしたのはそんな下卑た笑顔のことではない。顔そのものだ。

芋虫のような面長で尖った顎、眠たげな垂れ目、鮫のような歯……。よく知った顔だった。マサトの顔としてではなく、夜凪の客の顔として。

猛烈に厭な予感がして、画面を凝視する。それは最悪な的中をしていた。

行き交う通行人の顔が、みんなマサトと同じ顔だった。背恰好は違っても、顔だけはみんな同じだった。足元から震えが走り、気分が悪くなる。

『血はいらんかね』

幼い声がして、カメラがそちらに向く。店と店との隙間に血だまりができていた。そしてその中心に母子像がある。母子像の周りには血だまりに浸かった古い紙幣が何枚もあった。

『お兄さん、寄ってって。うちの梅丸さんで楽しんでってよ』

ハッとなり、映像に目を凝らす。張店の上がり框でおすまし顔の女。隣の店の女。さらに隣の店の女。誰も彼もが美しく着飾り、かと思えば若い男が喜びそうなアニメのキャラクターのようなコスチュームの者もいる。まさしく夜凪のそれだったが、私は気づいてしまった。着ているもの、年齢、髪型など姿かたちはみんな別々だが、それはみんな梅丸だった。いろんな、いろんな梅丸だ。

震えが止まらない。目を逸らしたいのに釘付けになる。もう厭だ。こんなことからは逃げたい。

誰か、俺を救い出し――

がちゃん、とカメラが落ちる。そのやかましい音で正気に戻った気がした。これを消すには今しかない、とスマホの画面にタップしようとしたその時だった。

カメラを拾おうとしたタケの顔がアップで映しだされた。

芋虫顔で眠たげな目に鮫のような歯。

「わあっ!」

タップする前にスマホを投げ捨てていた。忌み物から逃げるように部屋から飛び出し、トイレに駆け込むと鍵を閉め閉じこもった。便座のフタの上に膝を抱えて座ると、重みでべこりとフタが歪む。割れそうだと思ったが構っていられない。ただ、ひとりでガタガタと震える。スマホを視界に入れたくなかったのと、〝どこかに隠れたい〟という本能が働いた。もしかすると無意識に身を守ろうとしたのかもしれない。

トイレの外、部屋からはなんの音もしない。配信は終了したのだろうか。なにも聞こえなかった。このままここでじっとしていればそのうち落ち着くはずだ。そう信じて目の前の閉ざされた白いドアを睨んだ。目を閉じて、視界を殺すのが怖かった。

――酒。酒が欲しい。

泥酔したい。べろべろになって昏睡《こんすい》したい。頭が割れようが、ゲロで溺れようが、なんでもいいから全部忘れたい。あんな女にかかわるべきではなかったのだ。

『最東さん？』

気を失いそうになった。ドアの向こうから誰かの声がする。男の声だ。

肩をいからせ、体が強張る。目玉が飛び出すほど目を剝き、歯が鳴らないよう奥歯を強く嚙みしめた。反応するな。絶対に声を出してはだめだ。

『心配して来たで。顔見せてえな』

口の中から唾が引いた。舌と上顎が接着したように離れない。私は石になってしまったのだろうか、カチコチに固まってしまった。

部屋から私に話しかける声はハロのものだった。

『この帽子、ええね。俺も真似《まね》して買ってんけど、見てくれへん？　似合ってるか自分では不安やねんな』

ちゃんと息をしているのか、止まってはいないか。自分でもわからなくなっていた。どうせだから思考停止してくれれば楽なのに。完全に石になってしまえば、こんな恐ろしい思いなどしなくて済むのに。

『どこにおるん最東さん。なあ、顔見せてや。せやないと俺、安心できへん』

なにがやねん。なにに安心できへんねん。

石になってしまいたいという思いをよそに、心の声は反射的に言葉を返す。もうひとりの自分が考えるなと怒鳴っている。

『なあ、死ぬ気なんやろ。最東さん。梅丸と死ぬつもりやろ』

――へっ？

『あかんで。死んだら。梅丸と心中すんのは、俺やねんから』

殺される？　梅丸に？　俺が？　ハロが？

心の中に何人かいる自分がその瞬間、バラバラに弾《はじ》け頭がパニックになった。ハロらしき人物が一体なにを言っているのか、理解ができない。

『あの人の間夫は俺やで。本気で惚れてんねん。間夫は俺や！』

ドンッ！

トイレのドアを思いきり叩かれ、私は飛び上がった。驚きすぎて逆に声も出なかった。

それを最後にハロの声はしなくなった。

スマホの音が鳴るまで私は放心状態だった。

その音に震えあがりそうになったが、よく聞くと朝のアラームに設定したメロディだと気づき今が朝だと知る。

長く放心状態が続いていたからか、自分でも驚くほどあっさりとトイレから出られた。便座のフタは中央から大きくひび割れていた。

アラームが告げた通り、外は明るい。確かに朝だ。

ぼんやりと窓から差し込む朝日を見ながら、今ごろ梅丸と死んでいるだろうハロを思った。

羨ましい。

編集後記

鬼島順

光文社文芸第一編集部編集長の鬼島順と申します。

いち編集者の私がここに書き記す勝手をお許しください。このようなことになった理由を述べる前に、著者である最東対地氏について、重大な事実をここで述べておかなければなりません。

実は『わすれなぐさの章』までの原稿をいただいた後、最東氏と音信不通になりました。八方、手を尽くしましたが現在まで連絡が取れず、行方が知れません。（※現在、ＳＮＳ等で最東氏を名乗るアカウントが運用されていますが、別人であることが確認されています。誤解なきよう）

幸い、原稿はいただいておりましたので刊行に滞りはありませんでしたが、それでもやはり刊行に関しては社内で意見が割れました。著者不在のまま、刊行していいのか否か、モラルや感情論も踏まえ様々な意見が交わされ、最終的には私が編集長判断で刊行を断行した形となります。

最東氏から原稿はいただいたものの、これが完結しているのか判断に苦しむところでした。氏が本書の中で提起した疑問や謎について、完全には解決していないように思えたからです。本人さえ見つかれば、この点についてしっかりと詰めていけるのですが、そうもいかない理由は先述の通りです。

作中にも登場する氏の担当編集者、佐々木とも相談を重ねながら一旦これを『完成』とし、解説とまではいいませんが状況も踏まえ私が筆を執ることと相成った次第です。

まず、読者のみなさまが気になるのは本書が『事実かフィクションか』という点かと思います。この点に関しては、率直なところわからないというのが本音です。ここまでお読みになったならお気づきでしょうが、作中で私と佐々木（ササキ（仮）に非《あら》ず）が登場するまで、最東氏は佐々木を騙るササキ（仮）と打ち合わせを重ねて原稿を執筆されました。その段階までのことは事実か否か、私どもには知る由もありません。

そもそもササキ（仮）と共にスタートしたとされる本書は、実話か創作か、ルポか小説か、そういった枠組みに囚《とら》われない意欲的な作品にしようという狙いだったはずです。ですから、事実かフィクションか、という議論はむしろ不毛だと言っていいでしょう。

最東氏は本書に作家生命を賭けていたので、編集長として本書を単行本として世に出すことで氏の作家生命に貢献できるのではと考えました。それに、消息を絶った氏がいずこかの書店でこの本を目にすれば、弊社に一報くださるかもしれません。

そういったことからも本書を刊行する一定の意味はあると信じています。

前置きが長くなりましたが、ここからは私の視点から感じた氏の所感と、本書について感じたことを述べておこうと思います。解説に近い形になるかもしれませんが、どちらかといえば解釈と捉えてくだされば結構です。読み終えたあとで、別の解釈等があるようでしたら是非弊社までご意見をお寄せください。

最東氏にはじめてお会いしたのは、氏が読者賞を受賞した年の祝賀パーティーです。

KADOKAWAの編集者から紹介してもらいました。背が高く、色黒で体格がいい青年、といった風貌でした。話してみると人当たりもよく、大阪人らしい弁舌が楽しい人で、とても『夜葬《やそう》』のようなホラー小説を書くようには見えませんでした。話せば話すほど、明るく棘《とげ》のない性格とわかってとても驚きました。聞けば独身で、実家は九州にあり一人暮らしが長いとのことです。生粋の大阪人だとばかり思っていたので、九州生まれと聞いてまた驚きました。また、潔癖症とまではいきませんが大の清潔好きだということも各社の担当編集者には知られた事柄だったようです。原稿内の、毎日、昼風呂に入ることをルーティンにしているという記述からもそれが窺えます。その後はお目にかかっていなかったので、今回大阪で久しぶりにお会いした時には驚きました。

インバネスコートにカンカン帽、それに杖という出《い》で立ちで面食らった、というのが感想でした。杖を持っておられたので足を痛めていらっしゃるのかと思いましたが、そんなことはなく足取りは非常に軽いものでした。むしろ杖を持っていることでかえって浮いているように感じたものです。そして、氏からは伽羅の香りがしていました。伽羅とは、今では入手困難な、かなり高級な香木です。ですが、コートの下はごく普通のシャツにジーンズという恰好でした。失礼を承知で申し上げると、なんともちぐはぐな出で立ちに感じたものです。つい「おしゃれなコートですね」と口にしてしまい、あとで反省しました。

『花怪談』に関しては、実際に最東氏に会って話を聞くよりも原稿を読ませていただいていた時間のほうが多く、原稿から氏の言葉を汲み取ろうと努めました。なにせ社内でも毎年の風物詩になりつつあった『梅丸事件』に酷似した原稿でしたから、興味深く拝読したわけですが、疑問に思う部分も多くありました。

例えば、『日本ミステリー文芸大賞新人賞』に毎年送られてくる『梅丸事件』なる手書き原稿です。本書から推測するに、ササキ（仮）＝夛川灰汁……改め、邊見寛が送り続けているというより怪異に近いものなのかなと思います。勿忘草夜凪で本物、いわばオリジナルの梅丸と邊見は文字通り添い遂げています。小説家という道を諦めたとしても梅丸と共に生きていくという願いは叶っているわけなので、あの原稿はかつて彼が持っていた思念の残滓《ざんし》のような――いやはや、そんな飛躍した解釈はどうかと思いますが、そうした伝奇小説のような解釈は措いておくとして、弊賞に送られてくる原稿そのものに大した意味があるとは思えない……というにとどめておきます。

作中のインバネスコートの男＝邊見は梅丸との逃避行を再現しているということでしょうか。オリジナルの意思とは別に彼らのコピーが増え続けているというのも興味深い点です。

さらに謎を深めているのは、最東氏本人のことです。

コピーの梅丸と接触した者は、客か間夫に選別され己もどちらかのコピーになる運命にあります。ですが、最東氏はそうはならず、十数年後に梅丸と再会しました。

なぜ氏が他の間夫や客と比べて、特別な存在だったのかを考えるとひとつだけ該当するのではないかという事象があります。氏は青年時代に梅丸と出会い、小説家になってからもう一度会っています。本来、梅丸と一度会った男は客か間夫かに選別されたあと、梅丸を捜して彷徨うこととなります。ゾンビではないので、梅丸と出会ってからどの程度の期間を経て変貌していくのかはわかりません。しかし、この原稿から読み解くに、個人差があるようです。ある意味、椿夜凪で青春時代の最東氏の相手をした梅丸は、のちに氏が小説家になることを予見していたのではないでしょうか。そのうえで、氏が小説家になるまで待った……というのはやや穿《うが》ちすぎた見解かもしれません。

ちなみに藤川桂と名乗った女性ですが、ササキ（仮）にはメールで『wnld』という名前を名乗っていました。読み方は不明ですが、上下を反転させると『plum』と読め、梅の意味です。ササキ（仮）が邊見ならば、彼女がコピー梅丸だと考えて間違いはないかと思います。

コピーとはいえ、梅丸本人が望む形で氏は会っています。

私はここでの梅丸の話がなにか特別なものではないかと考えました。わざわざ最東氏に直接会ってまで、なにを伝えたかったのか。ただ怪談を提供するだけではなく、その中にあるメッセージのようなものがあるはずだ、と幾度となく熟読した次第です。

わかったのは〝わからない〟ということだけでした。誤解を招く表現で申し訳ありませんが、そうとしか表現できません。梅丸が語った話の意味がわからないということではありません。

梅丸が氏になにを話したのかがわからない、ということです。

紫陽花夜凪で働いていたという経歴で藤川桂は最東氏に接触していますが、彼女と会見した際の稿において、最東氏は〝藤川桂が語った話は、怪談とは程遠い期待外れの代物だった〟と書いています。しかし、この章の怪談パートに収録されているのは、紛れもなく怪談ですし、怪談提供者である〝Hさん〟が藤川桂と同一人物とは思えません。Hが藤川桂だとすればそもそもイニシャルは普通に使われるヘボン式ローマ字ならFですし、冒頭の〝Hさんがそばの会社で働いていた頃には〜〟という記述も、紫陽花夜凪の元ホステスという経歴の藤川桂と齟齬があります。

そういえば……と思い、さらに遡って『あじさいの章』を頭から読み返すと、佐々木からwnld（藤川桂）という人物からコンタクトを取りたいとメールが来る前に、氏には一件の怪談提供があったとあります（〝それに紫陽花夜凪の怪談なら、タイミングよく私のほうにも一件寄せられていた〟）。

もしかすると、最東氏はこちらの内容を本書に収録したのではないでしょうか。

では、藤川桂からはどんな話を聞いたのでしょう？

今となっては真相は藪《やぶ》の中――といったところでしょうか。

しかし、同章の中に気にある一文があります。

〝怪談ではなく、身の上話のようだったが、内容の薄気味悪さは一級品だ〟

身の上話というのは、撫子夜凪に伝えられる素性のわからないホステスの身の上話のことでしょうか。それともこの稿のあとに収録しているあとがきのことでしょうか。

どちらのことなのか、あるいはどちらでもなくまったく別の話なのか、知る由もありません。どちらにしても、氏が聞いた話の内容は非常に気になるところではあります。

身の上話といえば、本書の補足説明をひとつ、しておかなければならないでしょう。

本書の冒頭に『身ノ上話・原文』という稿があります。撫子夜凪で伝えられていた身の上話の原文にあたるものだと推測されますが、問題はその出所にあります。これは連絡を絶つ以前に氏から伺ったものですが、あれはどうも梅丸が殺人の容疑で収監された際に警察で語った調書に基づいた内容だというのです。あれをどこまで、どのようにして撫子夜凪のホステスが語る身の上話にリライトしたのか、編集者としては非常に興味深いところですが、凡《おおよ》その内容をそこから想像できることから氏は収録したようです。仮に『身ノ上話・原文』を氏に語ったのだとすれば、藤川桂はなにが目的だったのでしょう。私の邪推であり原稿には書かれていませんが、あのあともしかして最東氏と藤川桂は――いえ、これ以上はやめておきます。

さて、邊見についても、ひとつ気になったことがあります。

間夫化すると、周囲から死の心配をされる傾向が見られます。とは言いつつ、作中で実際死の心配をするのは梅丸の怪異に当てられた人物限定のようですが。ともかく、『花怪談』の怪談の中で同様の描写がありました。これから考えるに、邊見には希死念慮《きしねんりょ》があったように思います。当時の小説家は希死念慮に悩まされていた者も多かったと聞きます。むしろ、小説家たるもの死をもって美学とすべし、ともいえる流行りがあったのだと私は推測します。一種のトレンドだったのでしょう。そういう意味で、邊見もまた死を願い、それは梅丸への叶わぬ思いへと昇華していきます。そうしていきつく先は、心中といったところでしょうか。物語として解釈した場合、もしかするとオリジナルのふたりは心中を成し遂げたのかもしれません。そこから邊見の創造上の祝融遊廓が生まれ、勿忘草夜凪へと変貌するに至った。世界から彼らがいなくなったことで、それを補う現象としての、コピー梅丸、コピー邊見が意識の残滓をプログラムとして躍動している……ややSFが過ぎますが、我ながら面白い考察だと思います。

奇妙なところはまだあります。浜野ロイドと灰色らんぷに関してです。敬称を省略したのは、このふたりは実在しないからにほかなりません。作中に登場する奴賀雫氏、守神京氏、清水真迦氏、今牟晶弘氏は名をもじっていますが、モデルになった作家は実在します。私が担当している作家がこの中にいますので間違いないと胸を張りましょう。

おそらく浜野ロイドと灰色らんぷの二名は架空の人物だったのではと思われます。あえて眉唾を申し上げるなら、彼らふたりは〝間夫化〟してしまったから、いなくなった……という見方ができなくもありません。

説明がつかないのは最東氏本人の変化についても言えます。

大阪五大夜凪をリポートしている時の氏には、特におかしいところはありません。ですが府外三夜凪に突入してから様子がおかしくなっていきます。主に酒によるところが大きいですが、時折本人も（おそらく）無自覚に〝梅丸〟の名を出している点です。猫であったり、高齢のホステスだったり……間違えようのないものを梅丸と錯覚するのは明らかな異変と言えるでしょう。

きっかけは藤川桂でしょう。いわば、もの書きとして二度目に接触したという、客でも間夫でもないケースです。そこから異変が起きたように私には読めます。

『わすれなぐさの章』は、この稿そのものが歪で異質なのですが、ここで語られているのはこの物語における核心です。この稿を信用する前提で推察するに、梅丸は遊廓全盛の江戸時代以前に誕生、もしかすると遊女の歴史と共に生まれたとするなら平安時代とも考えられます。『身ノ上話・原文』で語られているのは昭和ですが、邊見と出会ったのがこのあたりだと推測されるので、ふたりの出会いから梅丸にまつわる夜凪怪談の成り立ちが窺えます。そもそも、『わすれなぐさの章』の冒頭から途中まで、一体誰が書いたのかわからないような筆致になっているのも気になります。最東氏が書いたとすれば、当該稿の内容が唐突に思えるし、一体どこからその情報を入手したのかも気になります。

最東氏が梅丸と邊見にとって特別な存在だとしたら、コピーが持つ古い意思を成し遂げた、ということになるでしょうか。本書が全国の書店に並ぶと、一体どんな変化が起こるのか。私には想像できません。

結果的に解釈というより、やはり〝わからないということがわかった〟という内容に終始してしまい、非常に恐縮です。

私の考えを発表する場のようになってしまいました。ですが、このままだと読者に対しあまりにも不親切に思いましたので、僭越《せんえつ》ながらこの場をお借りした次第です。

ここまででも充分、長文になってしまいましたが、最後に今作最大の謎となる『あとがき』についてお話ししておこうかと思います。

送稿いただき、その後、最東氏と連絡が取れなくなって数週間が経った頃でした。編集部宛てに最東氏の署名で原稿が届きました。中身は手書き原稿で、それを見た瞬間、佐々木と私は非常に嫌な気分になりました。言うまでもありませんが、彑川灰汁が毎年弊賞に応募し続けている例の手書き原稿が頭をよぎったのです。中を取り出してみますと、見覚えのある筆の字がありました。これを最東氏が書いたとは到底思えなかったのですが、このタイミングで編集部にそれが届くというのもどうも気味が悪い。いつもの応募原稿なら、募集期間中は保管しておくのですが明らかに最東氏本人でないとわかっている原稿です。そのままシュレッダーにかけてしまおうかという意見で一致しました。しかし、その前にとりあえず中身を確認しておこうということになり、私と佐々木でざっと目を通したわけです。

正直、本音を言えば読むだけ無駄だと思ったのです。どうせ中身は毎年送られてくる『梅丸事件』だろうと高を括っていました。しかし、その内容は思いのほか興味深く、『花怪談』の核心に触れるものでした。

さらにその原稿の頭には『あとがき』と書き添えてあります。文末には最東氏の署名もありました。一枚目の表題が書かれた原稿用紙には、くっきりと茶色い親指の跡がついていました。原稿が最東氏が書いたものという証拠はありません。しかし、逆にそれが偽物という確証もまたないのです。裏でどのような力が働いたのかはわかりません。ですが、現状、このタイミングで送られてきた、『あとがき』と書かれ、梅丸の真相に迫った内容、最東氏の署名……材料だけ並べれば、仮に氏が書いたものではないにせよ、直接的な関与があったと考えるべきだと佐々木は主張しました。最終章に〝謝意を書くのはやめた〟の一文もあるためその意見に百パーセントうなずくことはできませんが、確かにそうだと思うところがあったのは認めざるを得ません。

最東氏から送られてきた『あとがき』はこの稿のあとに収録しています。

私はこれで梅丸事件についての全容が解明できたとは思えませんが、かなり真相に近づけたのでは、と言えるのではないでしょうか。

ともかく、本書の結末は読者に委ねられていることは違いありません。

『花怪談』が無事刊行していることと、最東氏の消息がそれまでに明らかになっていることを願って筆を擱《お》かせていただきます。

追記

筆を擱くと言っておいて、舌の根も乾かぬうちに追記することをお許しください。

ササキ（仮）について。

最東氏がササキ（仮）と接触したとされる年の角川《かどかわ》三賞の授賞パーティーの画像を改めて確認してみました。ササキ（仮）の姿は最東氏しか知る人はいませんので、仮に写っていたところで私どもにはわかりません。ですが、WEB上に公開されているいくつかの画像に、インバネスコートとカンカン帽姿の男が写っていたのです。

氏の原稿を彷彿《ほうふつ》とさせる発見に興奮し、佐々木と共に一時期社内で話題になったことがあります。ですが、驚くべき発見はこれだけに止《とど》まりませんでした。

過去の角川三賞、最東氏が受賞した翌年以降のパーティーの画像でもその男は確認されました。それだけではありません。弊社が年に一度開催している光文《こうぶん》三賞でもその姿が確認されています。

これまで社内においても〝ササキ（仮）とは何者だったのか〟という議論がたびたび巻き起こり

ました。結局のところ、はっきりとしたことはわかりませんでしたが、最東氏の原稿の中で〝パンパンに膨らんだ鞄〟をササキ（仮）が持っていたことが書かれています。そして、ササキ（仮）本人が中身について〝コートとか帽子が入っている〟と言っています。

これについてササキ（仮）は「サマーコートだ」と答えていますが、私はこれを嘘だと考えています。確信はありませんが、その可能性は非常に高いのではないでしょうか。

あくまで仮説ですが、ササキ（仮）はやはり邊見コピーであり、毎年の文芸賞パーティー会場に現れては、作家と接触していたのではないでしょうか。決めつけはよくありませんが、この業界にはデビューしたもののそれ以降本が出ずに消えていく作家はごまんといます。

もしもその中のわずか一部の作家がササキ（仮）と接触していたとしたら。——

追記としながら、長文になってしまいました。

ですが実に怪談らしい締めくくりになったのではないでしょうか。

本書を読まれている作家を目指す読者諸氏はこの機会に是非、弊賞にご応募ください。

あとがき

本著にはモデルにした事件がある。

昭和十一年、椿遊廓（現在の椿夜凪）で娼妓をしていたFは馴染みの客で小説家のHと共謀し、夫を殺害した。陸軍兵士だったFの夫は短気で粗暴、あちこちで酒と女のトラブルを起こしていた。そこでHと共謀し、借りていた夜凪の座敷で夫を殺した。行為中にHが現れ夫の首を絞め、Fは夫の陰茎を切り刻んだ。陰茎を縦に中ほどまで裂き、布団に『花が咲いた。花の命は短いもの』と書き残しHと逃げた。

その後、夜凪を転々としながら逃避行を続けていたが犯行から八か月後、和歌山県の菖蒲夜凪でお縄となる。逮捕時、Fはひとりだったことから引き続き共犯関係のHが捜索されるも後日、墓地で首を吊っているのが発見される。次いでFもまた獄中で不審死。死の直前、毒蜘蛛に噛まれたと騒いでいたがFの体からは毒の成分は検出されなかった。

Fの死後、牡丹夜凪の空き家で新たな変死体が発見された。死因は首を絞められたことによる扼《やく》死《し》。死んでからかなり経っているようで半ばミイラ化していた。被害者は全裸で仰向けの状態で死んでいたが、陰茎が縦に十字に裂かれておりそれを中心に乾ききった血だまりができていた。小《しょう》刀《とう》のようなもので尿道を中心に切り裂かれたものと思われる。布団に被害者の血で『花が咲いた。花の命は短いもの』と書かれていた。

死体の身元がわかったのは、のちの櫻夜凪で同様の死体が発見されたのと同じ頃だ。仰向けの男の死体。夜凪の空き家。布団に血文字。そして裂かれた陰茎。布団に書かれた文字の内容は同様で、それを見た記者の誰かが『花とは裂かれた陰茎ではないか』と言いだした。夜凪の花の名と裂いた陰茎を指していると世間が騒ぐと、いよいよそれが通説となり、先に獄中死したFの犯行と酷似していることが注目される。

殺された被害者はいずれも文芸に携わる仕事をしていた。小説家と翻訳家であった。そして、血文字の筆跡が非常に似ていることからFの犯行であることが確実視される。だがどういうわけか、この事件についてはこの後ぱったりと情報がなくなる。さきほどの記者によれば、同じ手口の殺人がすくなくとも二件……別の夜凪で起こっていたと語った。つまり、八か月の間に五人もの男を猟奇的手口で殺害したということになる。他にも余罪があるのではないか。誰しもそのように想像した。

被害者の陰茎を裂き、布団に血文字を残すという殺人事件、猟奇連続殺人が八か月の間にすくなくとも五件起きたとすると、昭和史を揺るがす大事件のはずだった。だが記録そのものが存在しない。

『Hがね、夜凪で引っかけた客をFの元へ連れてくるんですよ。そうして、Fは客を選別するってわけです』

そう話したのは事件を追っていた記者だ。

『お花にする素養があるか否か。彼女からすればね、お花以外はみんな同じ顔の与太なんですよ』

どうしてそんなことが言えるのか疑問だったが、記者の恍惚《こうこつ》とした顔を見て疑問を口に出すのをやめた。そういえば記者もまた、物を書く仕事だと思い至り口を噤《つぐ》む。

記者曰く、これがFにとってのもっとも深い愛情表現なのだという。行為中、跨《またが》った男の首を絞め絶頂にありながら殺す。そのあとで感謝を込めて花を咲かせる……そうしたことは、事件があった時代よりもさらに昔からあった。幕府公認の遊廓が存在していた時代。遡れば何百年も前、それと同じ事件が遊廓で起こった。そしてその犯人もまたFだったという。

『Hもその時からいたのかですって？　いやいや、Fが彼と出会ったのは昭和初期ですよ。昔の遊女は文学に明るかったですからねぇ、彼の才能に惚れこんじまったのかもしれません。彼はすぐにFの間夫になりましたよ。あの頃流行ったマントのようなコートにカンカン帽でねぇ、足も悪くないのに杖なんか持っちゃって。大昔でいう数奇者っていうやつですよ』

Fという女はもともと死なない。死んでも違う女としてしれっとまた遊里に現れる。惚れたFを喜ばせるためにHは客を引き、行為中に人を殺すことがふたりにとって極上の悦びだった。

『Fはねえ、死んでも死んでも死なない。だけど追われるのに疲れて、どこかに落ち着いたのかもしれない。なにかとやり方を変えてでもあのふたりは愛《こころ》し合うのをやめられない。ずっと、ずっとね』

記者はさも見てきたかのように目を爛々《らんらん》と輝かせた。

『僕はFと死にたい』

それがHの口癖だというが、記者もしきりに同じ言葉を口にしていた。

最後に記者はこう言い残した。

『僕ぁね、十二番目の梅丸と同衾《どうきん》したんだ』

十二番目とは記者本人が言ったらしい。梅丸とはFのことだろうか。

真実についてはそれぞれの解釈にお任せしたい。

謝意

『花怪壇』執筆にあたって協力してくれた人たちには心から感謝している。彼らの助力なくして本著作の刊行はあり得なかった。

改めて感謝を述べたい。本当にありがとう。

二〇二二年　最東対知

※あとがき中、謝意と最後の行の傍点は鬼島が付けました。

参考書籍

『全国女性街ガイド』（カストリ出版）渡辺寛・著
『赤線本』（イースト・プレス）渡辺豪・監修・解説
『戦後性風俗大系　わが女神たち』（小学館文庫）広岡敬一・著
『色街をゆく』（彩図社）橋本玉泉・著
『敗戦と赤線　国策売春の時代』（光文社新書）加藤政洋・著
『三大遊郭　江戸吉原・京都島原・大坂新町』（幻冬舎新書）堀江宏樹・著
『遊郭をみる』（筑摩書房）下川耿史、林宏樹・著

最東対地（さいとう・たいち）

1980年、大阪府生まれ。2016年、『夜葬』で第23回日本ホラー小説大賞読者賞を受賞。近著に『怨霊診断』『KAMINARI』『七怪忌』『カイタン　怪談師りん』などがある。

花怪壇《はなかいだん》

2023年8月30日　初版1刷発行

著　者　最東対地《さいとうたいち》
発行者　三宅貴久
発行所　株式会社 光文社
〒112-8011　東京都文京区音羽1-16-6
電話　編　集　部　03-5395-8254
書籍販売部　03-5395-8116
業　務　部　03-5395-8125
URL　光　文　社　https://www.kobunsha.com/

組　版　萩原印刷
印刷所　萩原印刷
製本所　ナショナル製本

落丁・乱丁本は業務部へご連絡くだされば、お取り替えいたします。

ISBN978-4-334-10019-3